在僻處自說

張至廷微小說選

張至廷
著

序一

在僻處獨行的哆啦A夢

丁威仁

張至廷，自號月亮二毛六便士，後更名為白長壽，余摯友也。經余遍歷名山大川，訪國中耆老，更名事由仍無所考。後遇一高僧，屬余精讀《佛說除蓋障菩薩所問經》即可釋其因，從之，讀至「又善男子，菩薩不生長壽天，若生其中，雖有無數諸佛出世，亦不值遇，利有情事不能成辦，是故菩薩生於欲界，此中有情值佛出世，愛樂親近而可化度。」一節，忽有所悟，長壽天八萬大劫，生在非有想非無想處，二毛想非菩薩，故自墮於八難，離於欲界，實其深知自身業力重濁，貪著於色，故以此為名，欲以自戒，其用心不可不謂正也。

二毛性愛古物，嘗從余求之，然余未有此嗜，故家中所藏，均非二毛所喜，偶有一物近古，便索之不已，至捨乃止。某日，二毛見余腿腳有痂，問余結痂時日，答曰久矣，乃見二毛取素色錦囊，求余將此痂剜起相贈，時余未肯，但見其含淚虔誠，心實不忍，含痛拔痂，二毛破涕為笑，叩謝不止。嗟乎！方知古人言嗜痂成癖之真意。

余平素以兄長尊之，雖深交已十數年，仍不知其少年白頭之由，或有人問，二毛每笑而不答。一日忽見其裸身沐於月下，雙掌上攤，前方直拱一龍形物，上下竄動，有光入其天靈，而白髮倏黑，復又轉白，余驚駭莫名，轉身而遁。後又遍訪國中耆老，遇一狐首異物，告余此為陰陽采集之奇術，據聞能日御十數男女，動而不施，獲精氣以養己身，故余乃悟。

史稱孔北海少時「負有高氣」，《三字經》亦云：「融四歲，能讓梨」，可知二毛實為神童；恪因其父「諸葛子瑜之驢」一事，數歲便有擅辯難之名。然北海恃才，屢干政事，舉家見殺於孟德；元遜傲物，雖官拜太傅，民怨眾嫌，終死於上之伏兵。故少時了了，更須善自珍攝，今以二毛少時即富高才，卻忍其性，不動其心，迄今數十載，若謝東山然。值此將欲出版微小說之際，囑余為敘，敘前先述二毛行誼，以資談笑。

有許多的學者曾經對於極短篇或者微小說提出的許多的理論，例如張淑英認為評斷極短篇的優劣，有人注重結尾的驚喜，有人注重文字的敘述；隱地認為極短篇的題材選擇極為重要，背景奇特是吸引人的要素之一；甚至於有人提出極短篇的寫作格式，認為極短篇最好只描寫一個人物性格的側面，甚至於其中一個元素，像是一種情緒，一種情境，以單一情節，表現一種頓悟式的哲思；而極短篇最好減少對話，與人物外在形象的細微描寫，由一組具有矛盾衝突的事件來主導小說敘事的進行；渡也甚至於歸納出七大特色：內容感人、含蓄之美、簡潔精鍊、文筆優美、發人深省、構思新奇、結尾突兀。然而，極短篇或微小說就必須符合上述的理論觀念嗎？如果所有的文藝理論都是後設的，那這些理論在面對張至廷的這本微小說集時，可能都會不知所措，或失去理論效度。以下就讓我來說明原因為何，以及非讀不可十大理由：

（一）做小說須有格調，出入於各題材之際，又要善於擺脫，但凡天才超致者，難以格之。

（二）博觀者做小說，可達宇宙之廣；約取者，則見纖毫之末。然天才超致者，兼而有之，且不受其限。

（三）做人戒貪，做小說未必要戒。做小說若貪，則眾體皆備。天才超致者，擬婦人孺子之語，便見得婦人孺子；擬館閣官宦之貌，其形便現於眼前，無須造作方得。

（四）余讀二毛之小說，據體製題材之異，彷彿世間之千變幻化均在身側，此非天才超逸者，不能為之，二毛自是箇中高手。

（五）學者多以長短字數區分小說體製，短篇者可長之，長篇者難以短之，然天才超逸者，可以短就長，卻不失其意。

（六）做小說亦如行舟，退而亦可棄舟登岸，或是易舟再行，天才超逸者，可同時操弄數舟而不亂，舟若將沉時，便是該沉時。

（七）余近喜讀小說，然近人之作常以雕琢之技，刻鏤文字，艱深矯飾，短而長之，細觀其作，無甚深意。然天才超逸者，自然成音，顧其大體之所繫，止於當止之處。

（八）小說亦有正變，正為初入手處所需取法，變容易遇險，若非天才超逸者，翻不得過其阻。而二毛已臻無正變之境，其為言均如履平地，前無囿限耳！

（九）余以為做小說與做詩同，凡天才超逸者，妙應於物，神感而出，喪己忘形，己而非己，為小說之人物，與之同喜同悲也，此是一大境界。

（十）二毛，天才也，其所著之小說，雖有字，實為無字之天書也。

把原先是短篇幅承載的故事用各種方式灌水拉長，其實是台灣現代許多小說的弊病，尤其是一些奇幻或者言情小說，甚至於在學院裡討論的某些知名作家的小說，都不禁讓我懷疑，為何一個只要簡單就能好聽的故事，可以被拉長成令人不耐的八點檔，或是索然無味的敘述？

為何只要書寫鄉野傳奇、古代歷史、幫會武俠等題材的小說，多以中、長篇小說為主？難道兩千字以內的極短篇或微小說無法表現這類故事嗎？如果能以如此短的篇幅完成十幾萬字才能達到的高度，是否是為嚴峻的挑戰？換言之，誰說極短篇或微小說一定是速食，你們相信華文小說的發展已然出現全新的品種嗎？

有一種作家無法被囿限，風格對他而言沒有意義，他寫什麼就能讓你看到什麼，他的文本是你的眼睛，讀他的小說等於你擁有一臺時光機裝在任意門上，穿越古今，跳躍時空，你可以在一本書裡同時擁有精簡的莫言、濃縮的司馬中原、淬煉後的張大春；或是看見金庸的背影、聽見高陽的腳步聲、發現倪匡的呼吸；以及伊索寓言、十日譚、坎特伯里故事集，甚至於希臘悲劇、莎士比亞精神的重現……

也許讀我序的人會認為我唬爛，但我還是必須告訴你，有一種作家無法被規格，他無需特意塑造自身作品的特色與姿采，因為他每一篇小說都有屬於自己的靈魂，每一篇小說都擁有無可取代的生命，而最特殊的地方在於，這些小說不會給你了無意義的文字鋪張，它們會以該有的面貌與姿態，自然成音地呈現，我必須謹慎且嚴肅地說，華文小說的概念與理論將會因這本微小說而顛覆，也將會因為這本極短篇而改寫。

至廷囑我寫序，我想此序之誠，已不負他數十年來的困阨與不被理解……

序二

如果在春夜，一本小說

高詩佳

那無非是待在僻靜、安適的沙發前，將燈光以微醺點燃，任憑思緒的出發與躍動。品讀小說的快樂，是如此讓人耽溺，在每一個或長或短的情節裡，找到或找不到應有的救贖。而小說家始終是「在僻處自說」，那些充滿了降靈會意味的言語，打從書寫那一刻就開始了。

至廷這本看似小說家囈語而來的新作——《在僻處自說》，正給了我這樣的閱讀享受。

小說在寫作上，隨處可見意在言外的哲理，它們經常不著痕跡地埋伏在字裡行間。像是〈上帝的僕人〉一文，信仰上帝的人，生前是上帝忠實的僕人，死後的靈魂也同樣忠實的「自認為僕人」。然而上帝對靈魂有何期許？祂說：「如果要永遠當個鞋匠，那麼你來天堂做什麼呢？」在祂懶散的睨笑中，這句宛如警鐘的話，或許是上帝珍視人類靈魂是否得到「真正解放之永生」的期待。

在〈如果徽記是一種銹跡……〉中我們看到，阿波羅的銀弓生鏽了，銹跡形成一塊彷彿奧林帕斯的徽記，象徵諸神的存在。鏽蝕的徽記預示了神的失落。明明奧林帕斯的時代即將過去，諸神卻仍鬥得厲害，這時工藝之神瓦爾肯該怎麼辦？是為神祇們磨去銹漬？還是完全不予理會？但是無論選擇哪個結局，都無法阻擋一個時代的隕落和「諸神之死」的必然。故事蘊含深度的省思，又有愛神艾洛斯和阿波羅明爭暗鬥的對話，充滿趣味。

不分男與女，至廷在所有的故事裡，都將人的心理揣摩得相當通透，這也許源自於他對人性、對情感有徹底的觀察。〈微醺〉裡頭，男人喝醉了，他的醉，象徵他對愛情幸福的沈醉。但女人不喜歡沈醉，實際上也僅止於微醺，她的理智使她無法「暈船」在愛情的迷幻藥裡，她害怕失控。這是否告訴我們：愛情其實是需要人失去一些控制才能感受？

〈被火柴出賣的小女孩〉是篇開頭沉慢、黑暗，末了卻溫馨得使人鼻酸的故事。小說的滄桑感，先藉由各式煙卷飄散出來的煙霧，緩緩推開，預示人物蒼涼的生命。老傑克是寂寞的，獨自在酒館無聊的劃著小女孩賣的廢柴。點不著的廢柴，令我們聯想到童話《賣火柴的女孩》，童話的女孩賣不出火柴最後餓死，在這裡，卻成了善良的老傑克心中的一點光亮。寂寞的人互相擁抱，點亮了老傑克與小女孩的生命。

荒謬感，讓人讀了不知該笑、該哭還是該罵，這是至廷的小說經常帶給我的感覺。〈警戒〉，一則簡短的新聞報導，讓我們看見一件事情可以被渲染誇大成怎樣的程度。機車騎士只是撞毀路欄，造成輕微凹痕而已，就導致被通報各界，聯合國還發出嚴重警告禁止進入該國，最後擴大為國際事件。這樣的「蝴蝶效應」令人覺得可驚可嘆，宛如現今媒體誇大事件的一面扭曲的縮影，警世意味十足。

同樣令人感到荒謬的還有〈公案〉，全篇以極為幽默諷刺的筆調書寫，有反映現實的意義。月老牽紅線，遇到大洪水，失去了男主角耿小生，正煩惱時，卻見黑白無常誤將耿小生的魂拘走了。黑白無常拘錯人不認帳，竟想要月老胡亂點鴛鴦，隨便牽個紅線、湊個男主角就算了。海龍王也殺出來鬧，最後一同找玉帝評理。沒想到，玉帝做成的判決才令人錯愕，竟以為「人命不值錢」，一眾神祇辦事不力而不給予處分，反倒「人人有獎」，可說是將荒謬感推展到了極致。

小說也探討有關生命問題，〈極短篇〉是其中具有代表性的。男人的妻子已經過世了，因為妻的美好，他對死後的世界總存著美好的遐想。現在他有一對年輕姊妹愛著他，但隨著年華老去，他感到自己離妻子越近、卻離小情人越遠，誰說年齡不是距離？它反映的是生與死和情感的距離。

〈愛與幸福〉的題材大膽，寫的是公媳之間的畸情，他們這段關係始於身體感官的激情。人倫之間的分際，抵擋不了「短暫的磨蹭、推擠、低吼與掙扎的觸感」，女人並不想承認自己亂了這「倫」，而且不斷的想繼續「亂」下去，但是她的身體說服不了自己。至廷小說中的男女關係，幾乎都是這樣有點紊亂，而且殘忍的揭露人性中最原始的真實面。

最後，談談〈基因〉。這是一篇內涵豐富的科幻小說。描述未來科技能夠造出完美的「仿人」，仿人有真人的優點，又是可控制的，然而人類也因此深陷與仿人奪權的危機。幾近完美、能被修改缺點（或許還能自行進化）的仿人，可以取代人類到何種地步？作者假設仿人取代真實的戀人，而且大受歡迎，因為人的愛情心理渴望的都是「完美情人」，這說明了完美情人不會存在於現實中，硬要強求，只能依賴科技才能辦到。作者對科技與人和情感的關係，做了深入而有趣的思考。

讀至廷的小說，我們很難不被他強烈的思想性與哲思所吸引；而他所創建的這座充滿驚喜的花園，也開滿各式各樣實驗的花朵。期待這座花園，期待那些仍未從土壤中冒出的花，那些繽紛的思想，有一天它們也將再結成，另一片璀璨的花園。

自序

莊子當時也無人宗之，他只在僻處自說，然亦止是楊朱之學。（《朱子語類》卷第一百二十五）

其時楊朱之學盈天下，朱子此說「亦止是楊朱之學」，只是因為莊子有才而不用世，又道理不嚴正訓人。所以朱子又囉嗦了幾句：

莊周曾做秀才，書都讀來，所以他說話都說得也是。但不合沒拘檢，便凡百了。

他是事事識得，又卻蹴踏了，以為不足為。

莊周是個大秀才，他都理會得，只是不把做事。（《朱子語類》卷第一百二十五）

所謂的「沒拘檢」就是不在形式、實用上做工夫，不論是篇章的錯次、行文的斑爛，都不是「可宗之書」，而是自然生命的任情流現。

本書的篇次安排不依內容分類，看不出什麼明顯架構，閱讀也沒有依類、依序的必要，尤其後大半以「草」為章的部分，是半年多來我之思考小說語言呈現的忠實陳跡。獻出一段生命，自覺再割裂重組並不甚好。

目次

春草二、三月

四月草

五月草

溽草六、七月

八月草

九月不終草

西遊記

沙斯坦利

「不！不！先生，我窮得足夠接受任何卑微的佈施了，我不是不知道。但是……還是不行，先生。別人怎麼樣，我不能干涉，在我，我是要阻止你這樣傻下去的。」

沙斯坦利（Sarstainly）老爹是梵谷（Vincent van Gogh）在瓦姆（Wasmes）教區傳道時期，唯一不肯接納佈施的頑固份子，即使只是一條破舊、禿毛的毯子。

「唉！老爹，這毯子破敗得像垃圾堆撿來的，你也不肯收下嗎？你知道，你已經病得無法起身工作了哪！」

梵谷又輕輕地嘆了口氣，把毯子折疊好，放在沙斯坦利老爹的腳邊，轉頭要走。沙斯坦利忽然側過身子，將頭埋入枕頭，嗚嗚咽咽哭了起來：

「嗚……這是你最後的一條毯子了，你以為我不知道嗎？……像我們這樣的窮人，除了腐敗的東西外，也有所謂的『垃圾』嗎？教會像垃圾一般地把你丟棄，……嗚…誰讓你把自己弄得像我們一樣窮兮兮的？你像我們一樣傻嗎？……嗚……我知道的……，你在施捨完了最後一條毯子之後，就要離開我們了，對不對？…嗚…我知道的，我早都一向知道的。……嗚……沙斯坦利老爹一向最聰明的……嗚……最聰明的……。」

沙斯坦利老爹再聰明也不行。教會對梵谷的行為大感驚訝，認為有損佈道者的尊嚴，於一八七九年七月，將他革出教會。

約拿斯

巴勒斯坦還沒到達，摩西（Moses）的門徒約拿斯（Jonas）跛著起水泡的雙腳，已經抱怨連連，賴在地上不肯起來。

他的妻子鮑楚（Boutru）將約拿斯的行囊卸下，連同自己的，墊坐在屁股底下，腰靠在約拿斯的後腦勺，說：「你根本不該聽信這老頭子的話。我們跟著他，走這麼長的路，能有什麼好處？到頭來，只有他，才是真正『神的選民』。你只是他這方石碑的一個小小奠基石而已，是不是？」

約拿斯忿忿地說：「你這婆娘懂什麼？待在埃及，憑咱們的階級能有出頭的一日嗎？我是傻子嗎？要冒充這倒霉的希伯來人。那老頭子，總有倒下來的時候吧？你等著。」

摩西走到近處來，說：「兄弟！約拿斯兄弟！你所選擇的道路，要靠你的腳來完成它。堅強吧！在到達之前，你的心是等待的，而你的腳是前進的。堅強吧！約拿斯兄弟。」

摩西憐憫的雙眼轉回堅定的前方，繼續走在眾人前導。約拿斯慢慢撐起身軀，嘟囔著：「等待吧！」

娜賽西亞

娜賽西亞（Nacecia）戴著袖套蹲在店門口，一邊哼著歌，一邊整理櫥窗前的一排花卉。

她小心擦拭著每一片葉子，偶爾跟著顧客的腳步，進到店裏，照顧一筆筆小小的交易。午後是慵懶時刻，生意清淡。

「娜賽西亞，你已不再為死去的威爾（Will）感到悲傷了嗎？」

「啊，已經兩年了呀。我不該再快樂起來嗎？」

瘦弱的波特萊爾（Charles-Pierre Baudelaire）心上不能揮去母親將要改嫁的歐比克（Jacques Aupick），儘管他真正氣忿的，是母親。

「可是，比爾（Bill）只是一個粗俗的商人，他絕不會像威爾一樣，和你一齊高高興興的照看這些花兒呢！」

「小查理斯，你不懂的。比爾愛我，像我愛這些花草，呃，親愛的威爾親手栽種的花朵。你看，它們不是自己活得多好嗎？」

「我情願比爾不要來愛它。」

「什麼？你說這些花嗎？那是不要緊的。對啦！小查理斯，你願意在比爾與我度蜜月的期間，幫忙照護這些花兒嗎？」

波特萊爾伸手折下一莖帶葉的、豔紅的花，粗魯地插在娜賽西亞髮中，咬著牙，跑開了。

他停下腳步，轉過身，恨恨地對愣愣蹲在地上的娜賽西亞喊道：

「可以的！但你絕對不要忘記這股香味！」

薇塔絲

戴奧金尼（Diogenes）住在一口不大的木桶子裏，但若以他的身量來看，也還算不小。

自從亞歷山大（Alexander）大帝來訪後，他覺得自己生活得更為恬適了。他更加充分地、自得地享受溫煦的陽光。

女孩薇塔絲（Vitus）抽噎著走著，她和她的姆媽走散了，正惶惶無主。她看到盤坐在横倒木桶框上曬太陽的戴奧金尼，及躲在木桶背陽一邊吐著舌的小狗，她不哭了。她覺得，怪有趣的。

她雖然不像亞歷山大般魁偉，畢竟遮蔽了戴奧金尼一角小腿上的陽光。

戴奧金尼耐心等了一會兒，見她仍不走開，又不願移動自己的腿子，臉色便有些不豫。

「老伯伯，你需要什麼嗎？」她可不是亞歷山大。

「喔，我不需要什麼，只請你讓開一步，別擋著陽光。」

「哦，你需要的真少。」

薇塔絲向橫跨開一小步，陰影正好遮住小狗露出桶子陰影的長鼻子。

「薇塔絲！薇塔絲寶貝！你在那裏……。」姆媽的呼喚陣陣傳來。

西尼克

退居美達彭頓城（Metapontum）的畢達哥拉斯（Pythagoras）垂垂老矣。小部份的徒黨仍依他為學，大半則由義大利逃走希臘。

他的長隨西尼克（Cynic）來向他辭行，為了去當木匠的女婿。

「唉，我的傻孩子。西尼克，連你也要離我而去了嗎？」

「不是呀，先生，我實在不願離開你，但是既然我得負責，也就無法。我的未婚妻海德拉（Hedra）非要如此不可呀！她說先生的生活太嚴厲，況且，她也不太信神呢。」

「唉，什麼是神？你懂得我所說的『愛智者』（Philosophos）嗎？西尼克。你從克洛杜那城（Crotona）跟隨我至今，也有不少時日，見過我們同衣同食、追求知識的大家庭，乃至於參拜神明的莊嚴儀式。然而，我見你今天輕鬆的態度，似乎並未受到任何道德教育的薰陶呢。難道，不能提昇的靈魂竟然存在？」

愚笨的西尼克這時才感到慌亂，搓著手說：「啊！先生，聽起來你像在責備我呢。先生所說的我都相信，雖然我的腳不知怎麼，老帶我往海德拉那兒跑，可是我時時掛念著先生哪！噯，先生，難道和海德拉結婚是不好的嗎？」

畢達哥拉斯看著這個一向快樂地勤奮工作、為他打理一切勞務，且從不發問的年輕人，不知該如何教導才好。

這一年，正是紀元前五百年，畢達哥拉斯靜靜地死去。而一向樂得像撒歡小狗的西尼克，雖然與木匠的女兒結成美滿姻緣，此後的生活卻也不免有了一絲不易察覺的陰影。

塔基歐西斯

孱弱、氣虛，結巴而口齒不清的狄摩西尼斯（Demosthenes）後來成為極負盛名的演說家。

據說他的立志之始，乃是因為旁聽凱里斯特雷塔斯（Callistratus）辯論奧羅帕司城（Oropus）的叛國問題，一舉得勝，倍受讚譽，所以激起一片雄心。

這固然是極重要的原因，然而，對於一個被稱呼「貝塔拉斯」（Batalus，柔弱的吹笛者，當時的雅典人似乎也以此暗指人體某一隱誨部位）的孩子來說，要獲得成功的自信，或燃起必勝的鬥志，畢竟不是如此輕易。

奧羅帕司問題得到結論，勝利者接受英雄式的歡呼，狄摩西尼斯熱烈地和群眾一起擁簇著凱里斯特雷塔斯退場。一開始，狄摩西尼斯離他並不遠，可以看得清他捲曲鬍子裏白森的牙，甚至斷續地聽見他的笑聲；不過，沒多久就被拋擠到冷清的人群尾巴。

一個門吏守在那裏，等人群走空，好關上柵門。他看到落寞的狄摩西尼斯，便說：「小伙子，別不高興。是非場中最幸福的，莫過於擁護勝利的旁觀者了。至於那一方得勝，一點也不重要。」

「啊，你這狂妄的奴才，連你也看不起我嗎？你不會懂得名譽與正義的價值的。」

門吏冷哼一聲，說：「有什麼價值？記住我的名字，塔基歐西斯（Takiosis），這或許能夠使你得到安息。」

多年以後，狄摩西尼斯在卡勞里亞（Calauria）的海神廟裏，被阿基亞斯（Archias）率領的軍隊逮捕。卻因服毒，而得以速死，免遭馬其頓人殘酷折磨。

至於毒藥的取得，後世有種種說法，有說藏在筆管的，有說藏在臂鐲的，有說包在一塊布裏的，以及其他不同的說法。其中一種，是當時海神廟的廟祝所供應。那個廟祝，據稱就叫作「塔基歐西斯」。

沙林克

訪客陸續離開了，只剩下沙林克（Salinq），貝多芬（Beethoven）的一個不起眼的學生。這人唯一的特色，只是一張極為愁苦的臉；但與大多數的人相比，也不真的算是如何突出。

沙林克慢吞吞地將散置的椅子一張張的歸回原位。貝多芬半躺在病榻上哼著、閱讀著曲譜。

半晌，他闔上曲譜，閉上眼，仰著頭用他沙啞的音質繼續低低地吟唱雙手合什的曲子，連病容也散出柔和的光輝。

「沒有早一點認識他，真是一大憾事。」貝多芬輕輕地說。

正在收拾床邊矮櫃的沙林克瞄了一眼，用連自己也聽不清楚的聲音說道：

「什麼？舒伯特（Schubert）？那矮胖子也有過人之處嗎？」

沙林克拿起曲譜，替睡著的貝多芬掖實被角，帶上門，就在走道上翻開一篇篇樂章。連著幾天，都沉浸在這些明朗、優美的樂調當中。

一八二七年三月二十六日黃昏，天空下起微雨，淋濕的沙林克衝進門裏，喃喃地對著已經陷入彌留狀態的貝多芬說：「為什麼你們這些貧苦、潦倒，而充滿坎坷的軀體中，卻綻放著天堂一般的光明？」

為了這個唐突的舉動，沙林克被屏擋出門。貝多芬睜開眼，炯炯地瞪視幾秒，又闔上了。此時，風雨轉劇，雷電交作。

到了六點鐘，貝多芬醒了。緊握的右手撐舉著，凝視窗外，喊出：「喜劇已收場！」

一八二八年十一月十九日，舒伯特臨終的一句話是：「啊！這裏不是沒有貝多芬嗎？」

此後，這兩座相連的音樂大師之墓，每天你都可以看見一個年輕人流連不去，那是沙林克。若干年後，這一對音樂碑石的景致，總是夾伴著一個愁苦老人的身影，那是沙林克。

到了一八八八年，這兩座榮耀之塚一同移到了中央墓地榮譽區，當地人口中流傳的「伴墳老人」才消失不見。

迭爾甄托

伏爾泰（Voltaire）又病又老了。可是神父拒絕赦免他的罪，除非簽字完全承認天主教教義。

結果伏爾泰寫了張字條給他的秘書：「我敬愛上帝，愛朋友，不恨敵人，厭惡迷信到死。伏爾泰，一七七八年二月二十八日。」

這一個清晨，伏爾泰醒得特別早，便教僕人請來這屋子的主人，他自年輕時代的朋友——迭爾甄托（Dargental）前來一敘。關心老友的迭爾甄托怕是什麼變故，穿著睡袍就急忙來到伏爾泰寢室。

「啊！我親愛的朋友，你怎麼不多睡一會兒呢？是不是那裏不舒服？」

「不，不，放心吧！我只是今天精神還好，想跟你聊聊而已。倒是擾了你的清夢。」

「那是沒什麼關係，我們都老了，在世的時日既已不多，正應該好好珍惜相聚時光。……不過，我還是比較擔心你靈魂救贖的問題。要不要再找一個懺悔神父？」

「你還不死心嗎？神父不能救贖我的靈魂，我只能自己面對上帝。」為朋友操心的迭爾甄托不喜歡他肆無忌憚的勇氣，有些著惱：「是啊！你這頭頑固的老驢！就像你所說的，如果你要作愚蠢的事，沒有什麼可以阻止你！」

伏爾泰為老友的愛意感到寬慰，卻也為他的緊張而發噱，就開懷地笑了。悲觀的迭爾甄托一向對伏爾泰不懼一切的歡笑，覺得又愛又恨，在這個嚴重的時刻，便再也藏不住滿心的憂慮，衝口就說：「我實在不想讓你知道，王上與教會已經取得默契，不許你以基督教儀式殮葬，你還不早作打算嗎？」

「那麼，你要我屈伏嗎？」

當然，誰也不能在伏爾泰身上讀到一絲一毫的屈伏。

到了深夜，迭爾甄托還在床邊來回踱步。他跪在窗邊垂首禱告，誦唸完了禱詞，靜默了一會兒，低聲地說：「老朋友！你是偉人，你不能屈伏。那些鬼鬼祟祟的事情，就交給我們完成吧！從前，你也曾逃出柏林，這次，你得逃出巴黎。只是，你這回再也不能繼續大放厥辭了。原諒你這些無能之輩的朋友吧！我們只能讓你偷偷摸摸地離開。但是，你終會憑著自己偉大的力量，再度走回巴黎的。」

伏爾泰死後，果然被拒以基督教儀式下葬巴黎。他的朋友隱瞞死訊，宣稱他仍活著，將他載離市區，用宗教禮節葬在希拉里亞（Scellieres）。

一七九一年，國會強迫路易十六交出伏爾泰遺體，歸骨於萬聖祠。

里梭

廚娘黛蒂妮（Ditini）手臂一掃，湯杓狠狠地敲在里梭（Liso）的指骨上，說：「你老嫌我烹飪不行，卻又愛來偷食！」

「別那麼狠，我們服侍同一個主子。我偶爾偷食，不也常常趁便替你帶些雜物給你侄兒？」

「我覺得你真怪，總是顛顛倒倒，不知道你在想什麼。比如說吧，聽說你的舊主米開朗基羅（Michelangelo）最近回到羅馬，我實在弄不清楚你是恨他，還是愛他？」

「那可不知道了。這年輕人不好伺候，脾氣扭，你得時時替他捏把冷汗。哎，算了！少談他，他可是咱們主子的仇敵哪！」

「是哩！但他到底怎麼得罪咱們主人呢？」

「嘿！我們還是不要談他吧！有一種人，嗯，當然是很稀少，他被生下來就等於得罪人。」

這個時候，門外傳來喊聲：「里梭！主人召喚，在書房。」

大建築家布拉曼第（Bramante）讓里梭坐在一張腿凳上，說：「依你看，這次米開朗基羅回來，是不是為了完成三年前計劃的七十幾座雕像？」

里梭伸手按了按泛白的鬢角，露出微笑：「正是他習畫的時期吧……，這孩子自從十多歲時，被一個學雕刻的人照著鼻樑狠揍一拳之後，便和雕刻結下不解之緣。」

布拉曼第睨著這個矮半截的半老頭：「教皇和他已然和好，我看他不免真能接下這工作，你還想去當他的助手吧？」

「啊，先生，你說蓋墳墓嗎？你不是老早勸教皇打消這念頭了嗎？」

「你知道的，里梭，我總能穩穩保住教庭負責建築工事的職務。果真如此，我加你兩個銀幣的餉錢。」

「先生，我有什麼功勞嗎？」

布拉曼第斜視著里梭，微笑不答。

乖覺的里梭又按了按鬢角，還以微笑：「先生，像我這種微賤的人，怎麼敢支領這樣高的餉錢呢？這樣吧，我來出個主意，如果先生覺得可以採用，就送我二十個銀幣。我也老了，很想在死前回鄉下看一看。」

布拉曼第眼神略轉，便即應允。

一五〇八年，教皇強邀米開朗基羅為西斯丁禮拜堂宏闊的天蓬繪製壁畫。他極不情願地承諾下來，於五月十日開始這項艱難的工程。

耗時四年半之久，三十七歲盛年的他已似六十歲的老態。他獨力完成的這個繪畫史上的奇蹟，不但嚇壞了布拉曼第，連畫界巨匠拉斐爾（Raffaello）亦為之讚嘆不已：「感謝上帝讓我降生於米開朗基羅的時代。」

然而，米開朗基羅自敘此事的十四行詩，結尾的名句卻是「no io pittoro（我非畫家）」！

如果徽記是一種銹跡……

阿波羅（Apollo）的銀弓生銹了！雖然只是一小塊不比小指頭指甲大的極淺的銹漬，在祂英偉的姿態中完全可以隱藏在祂能夠將大理石輕易扭壓成虀粉的姆指握處的小小銹漬。但是，阿波羅的銀弓生銹了。

「唉！這淡金色的銹漬，惱人的銹漬……」這個光明的神祇開始在無人之處嘆息。

私底下祂嘗試了各種去污除漬的方法，卻總是無效。

「這究竟是什麼時候出現的呢？」這是皺著眉頭的阿波羅近來繞在腦海裡不去的問題。「雖然銹得並不難看，分明就是一個奧林帕斯（Olympus）的徽記……」這一點也不減損這把巨大銀弓得令萬物失色的神采，然而，這個胸中橫溢著不滿的日輪大神，還是忍不住燃著足以鍛冶一切的怒火，偷偷的去找天界的工藝之神瓦爾肯（Vulcan）了。

「你們在爭吵什麼？」阿波羅看到了持著神奇小弓的愛神艾洛斯（Eros）正和瓦爾肯壓抑般的小聲爭執。

艾洛斯一把攫起了擺在瓦爾肯面前那把名聞遐邇謎樣的小弓，仰起頭說：「沒什麼。像我這種沒有赫赫戰功，每日在河畔戲耍，在森林遊蕩的，只憑天父寵愛的無用兒子，固然扛不起那一箭可以毀去千百甲士的大弓，就連這可憐細小的玩物小弓，也將磨粗我這只宜於蘆管木笛的纖手呢。我要瓦爾肯幫我在弓把上襯塊珊瑚罷了。」

「呃，這倒是好主意啊。我也正嫌我的銀弓製作得單調呢，也許再加些修飾更好。」

某個時代，這個傳說在愛琴海（Aegean Sea）一帶流傳甚廣，有二個不同的結局：

東岸的人說，瓦爾肯為了停止這兩位頗具勢力的大神糾纏，默默的為祂倆的弓磨去了所謂的「銹漬」。在祂們走後，喃喃自語：「如果徽記是一種銹跡……」

西岸的居民則堅持，瓦爾肯並未理會二位權神的要求，或提出任何解決方案；這一大一小的兩把神弓，始終浮印著這個淡淡的標記。但瓦爾肯確實說過這句話：「如果徽記是一種銹跡……」

多年之後，一神宗教興盛，許多古老的神殿被毀。這個荷馬（Homer）未曾敘述過的史跡，被視為「諸神之死」的預示。

上帝的僕人

當這群誠實、良善，並且非常本份，具有崇高而忠貞信仰的人們被接引來了天堂。一如他們一貫的信仰——他們是上帝忠實的僕人。

正因為自身品格的關係——當然有別於其他類別的人——他們憎惡驕矜，他們把品格本身看做是天堂的實體，而非是一種報酬。認為跨出了品格，就走出了天堂；因此，他們不願在這個安逸的樂園裏，丟失他們的德行，改變他們誠實而充實的生活，與生活態度。

上帝閑坐在殿門外的階梯邊上，右手支頤撐在膝蓋上，左手拿著一顆咬嚼一半的蘋果；表情有點懶散，祂正與樹上的蛇辯論些什麼。

鞋匠戰戰兢兢地靠近來，在上帝的十步開外靜靜地跪下、頷首、合掌互握，默默禱告許久。他站了起來，走近上帝，說：「全能的父啊！既然我生前是個卑微的鞋匠而蒙主不棄，那麼，讓我仍然恪守我的職份吧！」

上帝似笑非笑，並不答話。祂轉回了頭，不理樹上的蛇，饒有興味的看著鞋匠，並繼續咬嚼著蘋果。

看著他的嚴父並無慍色，虔敬的鞋匠滿懷感恩的跪下單膝，拿出一把尺，專注的在上帝光溜的腳板旁吋許處，測度上帝的尺寸。

「我的腳大麼？」

「啊，不。和我的兩個兒子也差不多……呃……我是說，小犬污穢的雙腳，竟然得與世界的父主差不多尺寸，這真是我父的寵愛。」

上帝微笑不語，這深深震懾了這個善良謙遜的鞋匠。他暗想：「我只是個粗鄙的鞋匠，憑什麼我能揣測上帝——那全能之主的尺寸？這種連神學院神甫都不敢知道的事兒，我憑什麼呢？……為什麼我一到了天堂，竟然變得如此的驕傲與無知？難道說，這是一次試鍊、一次考驗？」

鞋匠驚得僵了身軀，一動也不能了。

上帝說：「鞋匠來量我的腳，縫衣匠要了我的其他尺寸，就連賣帽子的小販也不放過我。難道你們連太陽跟荊棘皆出自於我的意志也不知曉麼？」

上帝嚼完了手上的蘋果，果核在祂微微的睨笑中，隨意一甩，正中那條才與上帝辯論過的蛇的頭。

「如果要永遠當個鞋匠，那麼你來天堂做什麼呢？」

那些遺忘的日子

微醺

今夜，他們有的是時間。

夜半，她喘吁吁地半扶半拖，將爛醉的他弄回居處，弄上她那張深邃酒紅床罩組的單人床。一種便於擁抱的尺寸，一種炙人而藏匿許多事件的顏色。

總是微醺的她，嘴裡咕噥著：「真差的酒量……。」這打亂了她原本浪漫而多情的計劃；也許是一種奉獻，也許是一種對自己的獎賞，也許只是點收戰利品。

但是現在什麼也不是，只是一個無聊的夜晚。他在她的床上睡得很香甜，微留的一絲意識讓他開始想熟悉這被單膩人的紅色甜香。她坐在一旁的躺椅，可供兩人擁擠著的那種大躺椅；還抽著煙，沁著涼辣的白霧從她迷幻冶豔而火樣的唇彩間緩緩推出，不知已經焚燬了什麼？

微醺（燻？）的她忍不住又倒了一杯酒，她清楚地知道，她需要酒精，不管是白或沉紅、金黃的液體，或是男人。但她是不醉的，只是微醺，這是只除了陷入她情慾的男子外，眾所皆知的一件怪事，或者……能力。

她不喜歡沉醉，說不定還有點怕真正的迷醉。微醺讓她更能自如地運用她的感覺，或是她眼中、懷裡男人的感覺。真正的沉醉是不受控的，曾有個朋友這樣告訴她：「妳最大的毛病就是想控制，自己或與人的關係。而且是完全的控制，而非只是調節。」她嗤之以鼻。

「沒有人能真正看透我！包括我自己。」微醺的她不由自主地吐出她的口頭禪。「嗯……」床上昏醉的男人不知是因為舒服還是無意識地吐出了這不是回答的回答，帶著幸福且濃愛的微笑。

「我始終沒有失去自己……。」她這樣告訴自己，並且抽一整夜的煙，喝一整夜的酒。

這一夜，是某些人的最後一夜。是這個始終微醺的女人的另一夜。

柳川健與原田惠

再不加緊，就要黎明。第六度削尖鉛筆端，柳川健看著森列紙邊的一列尖矛，已經否定去三十多個構思了。不得已，將五把新削成的鉛筆排成五芒之星，這頗須要技巧。

第六把鉛筆在清白的紙上還刮不下第一道，門響了。柳川健看了一眼五芒星中心，起身開門。

女鬼進屋，開始講述故事。柳川健左肘靠住桌沿支起側掛的頭，摀住左耳，振筆疾書，不斷喃喃自語：「別再說了……別再說了……別再……說了……」曙光，女鬼起身借了一把菜刀就走了。

柳川健在將將碰及她的裙幅的微距中輕掩上門，到書桌邊絡絡一疊滿是字的紙，完成第二十三章。又將六把鉛筆投入剛值完夜的壁爐。打開房門，進去的時候還閉眼嗅著她的餘香。柳川健從來都不清楚這些日子以來自己為何這樣饑餓，急急跨過房門筆直望餐桌走，沒有一次來得及打話，一走入深沉的夜就據案大嚼、大嚼。嘴不停地一盤又一盤菜餚，是隻餓鬼。

原田惠背著他不斷切菜，不時騰出手翻動鍋鏟。裝好盤端上桌時，原田惠總是緊閉著眼。又叨叨唸唸有詞：「飽了吧…飽了吧…飽了吧……」曙光，柳川健起身，借了把削鉛筆用的小刀就走了。

原田惠舉起菜刀將流理台上一段段芹菜排起來的小小五芒星剁碎，剝下圍裙，走向房門。

那天，他們終於簽下離婚協議書，柳川健與原田惠勾著臂緊挨著走出律師事務所，日頭好暖啊，他們將為彼此履行最後的義務，一直拖延下來，未能成行的蜜月旅行。

枕中記

今天他頭一沾枕，便覺得眼皮沉重，腦袋直望枕頭下陷，迥不似平常的難以入睡，遐思不斷。

很快的，他進入了睡眠的境界——是的，他管叫「睡眠」是某種「境界」，而非單指一個「狀態」。

好了，關於他對睡眠的種種分類及哲思，我們且不要多談——我有充分的理由懷疑，他只是因為長期的不能成眠，才對輕鬆而可人的「睡眠」羅織種種誣蔑——不要多談這個了。

夢裡，他以一個植物人的身分過完了他近十年多的日子。那麼，今年他三十四歲，成為植物人的時代便當在他服完兵役，進入社會的二、三年間。

這十年多裡，他什麼也沒做，就是躺著，這樣愣愣地活著。我想大家都知道植物人的生活是怎麼回事，也不必多做介紹了。

在植物人的歲月裡，他只能自己對著自己過日子。有的時候，他會耐不住寂寞，想要衝入人群，甚至，只要能夠跟路人問一聲回家的路，甚至，不必對方真的搭理他，就夠了。

睡了一晚的好覺，他意外地醒來了。但是他還是不知道這一天，他應該，或想要做些什麼。

先泡壺茶吧，他想。等一下會好好地上廁所，他知道。再洗個臉，若是找得到東西，就吃一些吧。

長弓氏之折弓記

長弓氏無意識地走出山林。雖然不曾懸著箭袋，背掛的獨弓，已經觸犯「槍砲彈藥管制條例」。

他是一個野人，未開化的無領階級。他第一次見識到了「錢」的用途，知道了樹上的果實，大地的菜蔬，竟是可以用「錢」這「物」來佔領與圈禁，像虎的穴、蛇的窩。他憶起了昔日的恐懼，一方面屈從於虎的尖齒利爪之下；另一方面，又欲極力避開蛇牙的毒殺。

於是他淪為乞兒，日日向人求討大地的長養，樹上的果實、大地的菜蔬。這無寧是間接而荒謬的，但他不得不發現，他所站立的大地，沒有一寸是「允許」他的。也就是說，沒有一寸大地是屬於他的。「『屬於』，是種怪異的言語。」

他想。「然而，『不屬於』，則是更可怪的。」他又想。因此，他不能學著耕種，與開化。他，始終只是一個乞兒。

如果，人們的憐憫與同情，像樹上的果實，準時依序到來；或者，像大地的菜蔬，生生勃發；他必也盡不了如是縝厚的地利。那麼，他或許毋須漸次變賣掉他閑時刻鏤的枯木、粗磨的石礫，與松針織結而成的帽冠……等等。

最後，他僅留下了他不能須臾分離的，他生命源頭的，那把長弓。

他在飽餐時，便抱著長弓彈奏高調；饑餓時，又倚著長弓空彈哀調。常常，在這個時候，面前即行跌落些許「錢」這物。於是，他成了技藝精湛的職業乞兒。

在他出走山林的第三十二個月上，才算是遇到了同伴。一群背著長弓的精壯漢子，神采奕奕地集合在村口，腰間或背上各搭著一簍羽箭。長弓氏擎起長弓，興奮地奏起了繁複的輪指顫音，希望引合一曲空前的交響大協奏。三幾個漢子撐滿了弓弦，校試校試嫻熟的「百步穿楊」。

幾聲喝采，幾隻落雁，狂奔山林的長弓氏，與斷折在大地之上的長弓。

長弓不射　字無箭　號空彈　敬識（長弓氏休息之作）

這種事真要小心防範，沒想到女兒遭人非禮。唉，還好是發現了，我想今後是該謹慎點。

非禮

事情是這樣的，管理室的小陳一向待人有禮、服務熱忱；人緣不錯，我也蠻喜歡這個小伙子。住戶們因為他的盡責和善，常常送些剛做好的小點心或飲料犒勞他。我因為開著花店，知道小陳極是喜歡花卉，也會不時的帶一些花材給他；反正要不了幾個錢。

小陳有個插花罐，陶土做的，不是什麼精緻的好東西，但蠻樸氣，瞧著舒坦；他說是某次到蛇窯玩，自己一手拉拔出來的。小陳喜歡這個花罐，我送他的花，他也一向欣喜看待。花罐好像是小陳的家人，而我每次送去的花朵，總被當是歸寧的女兒善待；一切都顯得很親厚。

前幾天，我送他一叢白色雛菊，插在陶罐裡真是益增楚楚可憐，我們相視一笑，都很滿意。

前天夜裡，我為了一點不得不辦的小事，又到半夜才回家。進了社區大門，卻看到女兒嘟著嘴靠在大門門柱邊等我。嗯，已經這麼夜了，我正要動問，才想起，今天是我的生日啊。

這也沒什麼，頂多就是受妻跟女兒一頓責備，也算是甜蜜。讓我不能釋懷的是，女兒說小陳對她動手輕薄！這我可緊張了，忙追問詳情，女兒一邊罵我一邊把經過都細細說了。雖然情節並不算嚴重，不過事態是不能輕忽，我跟妻商量了大半夜，覺得沒憑沒據的，也抗議不出個什麼名堂；還好狀況並不算失控，便決定還是先不動聲色，多注意些好了。

這小陳！真是看不出來啊。

這兩天我經過管理室大門，都「特別不經意」地觀察小陳。我發覺他已經失去了往日的朝氣與活力，取代笑顏的，是重重憂慮的神情。

今晚我回家，考慮了半天，想想還是如常的對待小陳好了，就帶了一些野薑花給他。奇怪，他居然笑得比以往還燦爛，我搞不懂。

剛才下樓倒垃圾，卻又見一怪事，小陳手製的陶罐居然毫無破損的躺在玻璃資源回收箱裡。我忍不住拿起端詳，嗯，有點抽象，不過看得出主題是一張素淨的女子面龐。

這個時候，我看到管理室櫃台一個廉價花瓶插著我的野薑花；小陳和花瓶，都笑得很俗。

極短篇

冰冷的北風不斷地吹著，太過強勁。

傍晚了，仍然鬱著酷暑的悶熱，他透過窗格，探視斜陽下的另外一個漆黑世界。隱隱約約，「和我一樣，陰暗、狹小，又孤寂。這是沒有辦法的事，再怎麼說，各人總得獨自走完自己的一段路。」他想。

妻已經不在身邊了，他遐想著妻所在的地方：以白色系為主，一切都是那麼的素淨、雅緻，透露著聖潔的光輝。那裏沒有黑夜，整日充滿柔和的光芒，妻受不了黑暗。妻喜歡輕柔地哼唱著聖詩，雖然調子總不能抓得非常精準，「但她的聲音多麼的甜美呵！連主耶穌也將感動不已吧？」他想。那裏還常常出現的，是童稚純真的笑顏；人與人，都是一家人。他又想：「妻正在那裏等著我呢！」

然後，他想到了小娟，這個一直纏著他不放的女孩。「我和她相隔十八歲，這真是個離譜的歲數。」他又想：「總是因為年輕不懂事吧！」

更令人想不到的是，她的妹妹小芳居然緊接著出現，也是離不開他的了。雖然他是個頗具威嚴的男人，天生散發著一股讓人不能抗拒、不得不服從的雄性氣質。然而，在他從容不迫的外表下，其實對於存在她姊妹倆之間的妒嫉，懷有一抹隱憂。

「然而，我和她們的距離越來越遙遠了。」他想。他又想：「這當然經得起科學驗證。」

這個男人下午三點驅車北上洽公，音響壞了，一路上聽著冷氣嘈雜的轟轟聲，胡思亂想，想著妻小及舒適的家。

他甚不滿意他狹隘而急促的生活，嘆了一口氣，卸下墨鏡，開始努力構思一篇他所欠下的「極短篇」稿債。

學步

我的記憶開始得非常早。莫札特四歲、聖桑兩歲便進入了音樂生涯，我不是天才，沒有那麼大的才分；但是我有與他們相同的「早慧」，我們是視事很早的族類。

很多的事情，並不是從跟我相依為命的殘障母親學來的；她讓我來到這個世界，也一手將我護送入這個世界。

在仄逼的廢棄貨櫃裡，我度過了艱困的童年。媽媽每天自己轉著輪椅出門，因為我太稚齡，她必須很辛苦的不斷回來探視我。

四歲的時候，我已能與媽媽充分的交談，媽媽教我許多事，教我認字，她告訴我歐陽修學認字的故事，我們也就這樣辦。

儘管我們的日子過得非常苦澀，至少我們擁有彼此，媽媽就是世界。但這雖然甜蜜，卻也是媽媽這兩年來的憂愁。

我四歲了，還不會走路，總是在地上爬，我……沒有站起來走路的勇氣。我總是活在廢棄貨櫃箱裡，和媽媽的兩人世界裡。

我的學習，據媽媽說，遠遠超出同齡的小朋友，而我走不出去。媽媽在輪椅上，想盡辦法要我站起來走路，我就是不肯。

有幾次，她在輪椅上斜著身牽著我，要我走；但我會掙扎，是身體自然的反射，媽媽怕輪椅軋傷我，都是做罷。我不是不願意學會走路，雖然對於外面的世界還是害怕。可是，我沒辦法自己站起來，跨步；我好需要扶持，真的需要。

慢慢的，我敢於做一點點小小的嚐試，我扶著貨櫃箱板壁站起來，媽媽說：「來，乖寶，把右腳抬起來。」

頓了幾下，我抬起了右腳，也跌倒了。

等我止住了委屈的哭聲，媽媽與我討論這個跌倒的經驗，說了「平衡感」等的一些道理。這中間除了精神上的鼓舞外，有很多是關於走路的「技術」。天哪……你知道，媽媽自幼殘障，一輩子沒有走過一步路……。

所以，我可以說，我之能行走如常，是媽媽與我共同的「研究成果」。

感謝我負擔超過能力的，親愛的母親。感謝她奇蹟般的將我送入這個世間，雖然我的經歷、見聞，並非如她描述的美好。

謹以此文獻給用愛超越自己的母親。

＊　＊　＊

以上是某位學生繳交的作文。

我問這位學生：「這是真的嗎？」

他反問：「你覺得很假嗎？」

這是真的嗎？我為什麼要懷疑？

老實說，我拿這個高傲的富家子弟一點辦法也沒有。

愛與幸福

女人的乳房先餵養過情人，後來，她愛上的某個情人變成了丈夫。她繼續餵養著他，直到兒子的出生，她餵養著這兩個男人；堅挺而豐實的乳房。

一個柔靡的午後，起於迷朦，她的乳尖被一陣溫涼拉起了快感。鼓脹不出的麻癢，從喉頭的細聲呻吟尋找出路。

她這樣被驚醒，意識雖然薄弱，但是畢竟存在。

這是個午後嗎？身上這個成熟男子的軀體不會是丈夫。她忽然全身一震，緊握的拳頭，雙臂當下忍住了屬於自然界的擁抱。

肩腰止不住的微顫之下，一個奇怪的念頭竄上腦際，「我要不要張開眼睛？」為什麼不呢？

這個時候再不醒來，她想，她也沒有臉面醒來了。但是能把時間不繼續？能嗎？

於是她看到了丈夫的父親。多麼奇怪的景象啊！一張屬於海報的臉容也會這樣厥吭著……像隻豬仔。

在短暫的磨蹭、推擠、低吼與掙扎的觸感中，他們已把人倫潦草的定義完成。於是她接受了他，接受了他的服務。當然，不只是乳房的堅實。

（至於回報，還不是時候。若還有機會，會有機會的。）

日子就是這樣過，兒子對他爺爺的遺照沒什麼特殊的感受，就連丈夫對著他的父親所泛起的孺慕之情，也只在幾個特定的日子才得一見。

寂寞的午後，她有時會望著這張十足宣傳照的臉發怔。回想著他的一切溫柔手段，甚至寒毛豎起。

她沒有一絲愧疚，不論對誰。

她對著他低語：「我是個幸福的女人。」

被火柴出賣的小女孩

昏暗的小酒館中，煙酒的混濁氣味沉滯，但沉滯的只是氣味，男人們吸著各式的煙卷、雪茄、煙斗，煙霧卻是緩緩浮動的。

嚴冬之夜，為什麼這些男人還不回家？而在這裡無聊地、並不如何愉快地言不及義，或就是沉默？若不是耐不住家裡的狹小嘈雜，就是暫避那獨住的孤悽。

善良的老傑克獨自坐在角落裡，他既不喜歡自己那座寬敞舒適，甚至是奢華，然而冷清的大房子；也不喜歡酒館裡這些粗鄙無禮的酒鬼。他習慣自己佔據一個角落，慢慢的喝點酒，抽一整夜的雪茄，在一陣陣粗俗的聲浪中，獨自回憶他刻苦而寂寞的一生。

今夜的老傑克有些反常，不，不是老傑克反常，老傑克一支支劃著點不著的火柴，桌上積著一堆沒劃著的廢火柴，純銀鏤刻的火柴盒將要空了，老傑克劃了最後一支火柴，仍舊沒著，就低聲地自語起來：「小女孩賣的火柴雖說不上什麼好，每回也不免雜幾枚差勁的廢柴，但從沒像今晚所賣的這盒……沒有一枚是堪用的……。唉……那麼瘦弱蒼白的小女孩，就靠這些火柴，真不知道她是怎麼活下去的……。不成啊，今天這些火柴每一枚都出賣了她，一支也劃不著，明天誰還跟她買火柴呢？」

老傑克伸手慢慢撚著那堆廢火柴，輕輕嘆著氣說：「你們這些無用的火柴，小女孩簡直被你們給賣了……她還能撐過這個冬天嗎？」老傑克陷入了沉思。

但是，這個冬天結果很溫暖，小女孩並沒有撐不下去，餓死或冷死，反而在衣食無缺及愛當中開始臉色紅潤。另外，老傑克臉上的筋肉也不再板起，有了鬆而軟的笑容，老傑克收養了小女孩。

火柴，把小女孩賣給了老傑克。

劫路

跳將一條大漢出來！看他右臂後偃，倒提一桿扑刀，左臂豎掌，唱個肥諾，道：「前有強人設伏，官人休往此去！」華服老者拍拍腰刀，道：「呔！區區劫路小賊，何足道哉？」大漢一振扑刀，勢如撩天裂地，說道：「既是如此，小人願追隨官人剿滅強人。」

荷姐

荷姐就著如豆的一盞菜油燈正細細綴補一領裂了縫的青衫，是從隔壁客店捎回來的活計。蜜娃抱著肥貓坐在小凳上一邊撫摩，一邊打瞌睡。老大娘已經睡了，卻不時輕咳，鼻息有如悶雷。荷姐輕輕踢了蜜娃矮凳，抑著聲說：「還不去睡？」蜜娃一揉眼，肥貓爪腿一緊，差點兒滑落，在悶雷聲中輕輕嗚了一聲，只有蜜娃依稀聽見。「娘，幾時才給蜜娃縫件衣裳？臘八都過了呢。」荷姐無聲地嗯了，只說：「去睡。」悶雷如舊。

聲音

雖然是閉得死緊的氣密窗，外頭瀟灑得過頭的風雨聲還是淡進一些兒微影。百年前的收音機忘了準備補充電池，在被遺忘了許久重新出土後，也沉默了。溫暖的燭光不願擺得太近，只好高高擱在冰箱上頭，免得黑暗襯著清楚而更清楚，可怕。就影影幢幢吧，再洩一點光進入客廳。他還是沒有聲音，她想著：「沒錯，聲音都在外面瀟灑著呢。」她剪起指甲，喀、喀、喀，她現在最怕的是，待會兒指甲就剪好了。

伊騰瑪迦湖

當我離開那人跡未至的秘境，伊騰瑪迦湖，這個未知、地圖沒有標識的湛藍湖泊，我決定把醉日盪漾湖心的小舟毀去，湖濱搭造的簡陋木屋也焚燒。我心愛地把我造就的一切人跡湮滅，讓那湛藍仍舊一樣悠揚、無琢，這也是我唯一能且該為她做的。僅僅，我將我寶愛的刻刀、幾個頑劣的刻石，藏在匣裏，偷偷深埋在湖岸，並低低祈祝永世不被發現。

離開伊騰瑪迦湖，密林、險谷，我豈不傷痕累累，我豈不備吞苦痛。但我又豈不知伊騰瑪迦湖淒寂的絕美，豈不知伊騰瑪迦湖絕美的淒寂。

定情

身上的銻鍊輕輕「嚓」地一聲綳斷了！玉棠出道超過十年，跟著江北最大幫的沙夢龍瓢把子當隨身護架也有七、八年了，槍法「頂靠」不說，內外功俱有不凡根柢，大風大浪沒少見過，何人在他眼下？唯獨這回不由他不錯愕，一梭火潑不倒這婆娘不說，吃她一骨碌滾竄到身側，匣槍只出手一個點放，擦地一響掠過腹緣，人已嬌嬌立定，匣槍卻好好插在腰帶上，僅只黃布穗兒稍稍抖動。

「斷你銻鍊只是給你一個警告，不要以為鄉野無人。」玉棠混世多年沒曾見識過這般槍法，連醉裡吹牛也沒敢把自己身手說得如此神乎其神，但他牛性一發，也並未被嚇倒。

「吥！算我栽了。」玉棠掏出斷了鍊的銻拋給女人。

「給你定情信物。」轉頭大踏步走了。十步開外，女人喊：「慢著……。」

老道

老道生得短小，巨靈般的憨柱兒揪住老道髮髻吼說：「老雜毛，三錢銀子吐出來，老爺我饒你不死。」老道也不是全無法道，屈起指掌往巨人肘間麻筋一彈，巨掌像彈石器一般翻開。

「有話慢慢說。」憨柱兒撫著肘：「怪你這賊老道、老雜毛。」又說：「省城裡留洋回來的大夫說我女人就喝符水喝壞的，你……還我三錢銀子來。」

老道說：「省城幾時來了洋大夫啦？」

「不是洋大夫，是賭鬼癩老四的兒子哪！大夥兒老以為這窮鬼把孩子賣了呢，沒想那孩子年初留洋學醫回來，在省城開業。」

老道沉吟：「嗯。」

慢慢掏了一會兒百納袋，嘴裡默數，拿出三錢銀子按在憨柱兒手心裡。三兩句話這般容易，憨柱兒倒傻了：「老師父，你怎麼不要錢？」

老道說：「是癩老四的兒子小巴拉是吧？」憨柱兒點點頭，老道自顧走開說：「以後有病辛苦兩步到省城看去吧，今後別再喝符水啦。小巴拉既已學成回鄉懸壺，我也不必再掙錢啦。」憨柱兒聽不懂，但老道已走遠了。

警戒

「據報：S市昨日傍晚一名機車騎士由於並未極度小心駕駛，致撞損第十五街道路護欄，經公路養護單位測量，護欄損傷達32.43cm×6.2cm，除面板塗漆剝落，並有凹痕，最深處達0.27cm！事件經緊急通報各界，目前聯合國世安會已對國際發出嚴重警告，將S市列為國際紅色危險區域，強烈警告各會員國萬勿進入S市區，以免遭受車禍襲擊身亡，並知會各國政府建議禁止國民一切S市旅遊、交通，及所有商業非商業行為。」

逝

他頻頻回首叮囑，卻自走上斷橋。他說：「那兒有幾株藥草，雖然只是卻寒治咳，我也去取來。」橋景富麗，斷在掩映間。岸上人見他墜落，無不驚惶虛軟，有人說：「他的苗圃幾株仙品，足以濟世百療，奈何顛沛凡草？」可是橋下虛空處還隱約傳來他叨絮的叮囑聲，不斷。

燔山

那山頭燔過了後，也沒剩可撿拾的，大半的人即不會再刨刨看。但偶也有人，不甘地奮力再挖掘，痰迷心竅似的，終也撐不了幾時，終要知道白磨了工辰。轉悠轉悠，也許入了世，也許再覓山頭，沒燔過的，於是有了枯草、敗葉，有了綠草、紅葉。他搭了個茅棚，開始數空。等那世間膨大，又把他擠兌。轉悠轉悠，他沒處又擠上那燔了山頭舊地，草比人高，苗樹倒不盈尺。他又搭了個茅棚，又開始數空，卻怎麼也不安，那燔啊，那世間膨大啊，那轉悠轉悠啊。這回他自己燔了地，而不再痰迷心竅。

野台

自從廟口變成了著名的夜市、市民小吃美食街，原先寒傖的小戲台就更沒人好好看戲了。頂多是好奇駐足兩分鐘，身邊的人就催著要逛夜市、找食攤。也有經過投以冷漠的一瞥，口沫橫飛地老與同伴拉聒。戲子想，「我這段可唱得脫勾啦，沒味兒。」

「今天嗓子不錯。」

「這靴子都泥了，身段難俐落，多掙點錢又該添行頭了。」其實純粹屬於胡想。

別看這樣，市民是很愉快的，晚間出門還照著老習慣說：「廟口看戲去！」

審項圈

黑狗四處嬉耍，玩了一整夜。可是奇怪，咖啡狗倒還栓著，嗚汪嗚汪，又嫉妒又哭求。黑狗好厲害，難道把鐵鍊都掙斷？絕不是啊，原來黑狗把項圈掙脫了。就這樣，鐵鍊盡職地鎖住項圈一整夜，咖啡狗的鐵鍊也盡職地鎖住項圈一整夜。所以鐵鍊並未失職，但黑狗的項圈總是失職的吧？

項圈說：「如果狗亂跑是我的失職，我不承認。對狗而言，有沒有項圈我，他總是亂跑，是狗帶著我跑，我完全不幫助狗跑步。對鐵鍊而言，我也沒有失職，我可不是全不分離地被鐵鍊勾住一整夜？我也並沒有對不起鐵鍊。」

我對項圈說：「你就是罪人，你的職責是連繫鐵鍊與狗，使鐵鍊的作用能施予狗，不論你脫離鐵鍊或脫離狗，都是一罪。」

項圈說：「純粹詭辯，如果禁制狗的行動是鐵鍊的作用能施予狗，而我只是中間的連繫，那麼狗跑開，使鐵鍊的作用失效，罪人是狗。狗同時使我的連繫作用失效，罪人是狗。再者，既然鐵鍊才是禁狗奔逐的主力作用，罪人胡不是鐵鍊乎？復次，一方面狗走脫我，狗有負我之罪，一方面我被指定勾扣在鐵鍊上，我難道不是一直不離地勾扣在鐵鍊之上嗎？我挺盡職的。」

我：「你胡云，你的職責就是上勾扣鐵鍊，下圈定黑狗，必兩事齊備，豈能分而論之？」

項圈笑了：「如此說，鐵鍊只負責勾扣住我，黑狗只負責被我圈住，而我必負二者之責，不符比例原則，根是欲加之罪，其無辭乎！」

咖啡狗在旁嘆曰：「不管是誰犯罪，這都是一件幸福之事。」

賞鳥

像一隻文秀的鳥躲踞在枝間，月出、飛葉無不驚轉粉項，臨投的眼波實是向回而流。耳機中一定是春濺的轟聲，在車廂內的塵埃不驚之盹中。稀稀落落，偶有咳、偶有電話講聲，你的一瞥而逝就把我收束。低著眼瞼視我，雙手互拳和我一樣，臉頭無意識地側、仰、斜，都配合著唇眼無意識地微細表情，然而你我都只能是餘光中的倖存者。

我們並肩下車，你跳上另一列車，終於在對望中馳走、迅逝。

轉世

城鄉差距

轉世，一隻受傷的小獸，貼縮在岩縫底壁，他沒有誰可以信任。或者有，但他完全不信任，最後他不免活過來，或死去。

轉世，一隻健壯的小獸，他祈望著每一個視界裡的人，他沒有誰可以信任。雖沒有，他信任著身邊的每一個人，最後他不免死去，或困惑地死去。

一線之間

轉世，受傷的小獸每天舔著自己的傷口，心裡慶幸著傷口不在背脊、頸項難為之處。傷口只要好轉或潰爛，就繼續好轉或潰爛，從不退縮，還他公道。

轉世，健壯的小獸每天舔著偶來的手，巴巴的不捨每一個偶來的人。人們的眼睛不忍或無所謂，但不會繼續不忍或無所謂，當不忍退縮，無所謂就還他結局。

有無有無

轉世，岩縫壁底受傷的小獸終將無跡，揮別這陰暗，領取新配額的陽光，或竟兌換了無盡地更幽黯。岩縫底留有典型的獸味，但這並非你我所能覺知。岩縫之後，他就此無蹤。

轉世，囚籠裡無事健壯的小獸必須紀錄，他也有陽光或幽黯，他夠努力了，但他沒有領取或兌換。分派定了，他留下項圈，或留下項圈，換新項圈。以後要用名字或號碼稱呼他？

癩老四

憨柱兒略一抬腳撂翻了賴坐在地上的癩老四，哭到一半的癩老四順勢攤在地上撒潑：「這是我的地，是我的地，你有種就把我種在這兒。」憨柱兒掀了掀鼻翼，哼哼地左掌右拳摩娑著，飄鬆著皮屑，磨麩子似的。那頭大少爺擰著眉遠遠踱來，巨大的憨柱兒勢頭更旺，出手正要把癩老四拎起，大少爺發話了：「別動他，你回去告訴老爺，家產我接手了。」也不嫌髒，伸手扶起了涕淚淋漓的癩老四。

窗台

微冷半開的窗台跟這個季節、這個城市很不協調，她輕輕扯下頭上的紫花毛巾，淡藍色的一綰細髮便從猶疑到墜落。一畦畦緊閉的窗及一座座擠在窗外的冷氣箱，滴滴答答數著這個季節，在這個半舊不新的年代。直到冷氣不再滴滴答答，屋裡的窗戶從電視，增加到電腦、筆電、床頭充電的平板、XG手機，你看到淡藍色的中年女子守著微冷半閉的窗台，繼續風乾她的頭髮，及屋裡的餘味。

吻

不想張開眼睛，迷迷糊糊，也不知道應該想些什麼，雖然思緒還在竄流。好像一隻水蛭，拉拔不開，有些刺痛地被吸食當中，唇齒撬開後又想到各種軟體動物，還是不要張開眼睛吧，會看到什麼呢？然而不是應該知道會看到什麼嗎？——她說這是她的初吻，與每一次接吻。厭惡嗎？我說。不，即使是水蛭、軟體動物也各有刺激的、噁心的、混雜的，種種品種。她說。

天太熱了，拿起水來喝了兩口，又把水壺遞給對方。

毀希錄志林·火

悉堪提尊者累劫修持住金剛定，歷八十劫滅常住，劫火洞然，其身或在泥團，或在石中，或浮流劫灰，無有壞者。其後悟在化城，思欲轉小向大，見藥王菩薩燃身功德，便效其法，然住金剛定著，劫火且不能壞，何由爇燒？欲去其定力，又去不著，盛增苦惱，不知其可。久之，道心退轉，漸習俗樂，定力日崩，身不堅固。一日，見市肆失火，火中男女呼號甚慘，忽有所悟，即趺坐自誓，向十方曰：「我欲燃身供佛，令房舍大火，皆降我身，令眾生暫得清涼。」言迄，舉身為火所覆，而屋舍之火一時俱滅。是時悉堪提已無住金剛定力，苦痛劇烈，不可言說，身即寸寸爛灰，節節脆斷。

妖異

「又哪兒野去啦！」跑近還喘吁吁的九斤，小臉兒漲得滴紅，竹簍子一摜：「娘……娘、蝦。」他姨愛憐地捧著他的小臉：「看你，喘過氣來再說吧。你是九斤唄？叫姨。」九斤媽說：「大妹，他這不是喘的，姊命不好，就這獨根兒，都七歲了，還憨憨地話不大會講。」九斤誰也不對他好臉，這婦人卻好聲氣憐看著他，捧著他的臉，頂乾淨的手絹兒就幫他揩臉揩鼻涕，九斤好高興：「姨、姨、蝦。」邊說邊從竹簍裡抓起一只戟張的螯蝦，竟有六、七寸許，黑暗紅色、半死不活地，很是妖異。九斤娘一聲斷喝：「妖孽！休傷我兒！」一掌望九斤抓蝦的手腕切去，螯蝦墮地，蹲步正要向上騰起，九斤媽一腳踩下，口呼：「叱叱！」他姨和身蹌仆他媽腳下的蝦泥，九斤驚叫：「蝦、蝦、我的。」他姨蹩蜷縮起身，眼見不活。九斤媽攔手將九斤撥到一邊，一面睨著開始發黑的足踝，一面冷笑揩著冷汗，眼見一口氣也將轉不過來。九斤長嘆著走出大門，苦笑：「總是來不及……」

呼吸之間

玉茶林說：「我奔走一世，不過為了此刻能安然休息。拔管吧。」幾個學生把簽好的單子收起，說：「老師，您好走，陳君趕不來了，他的單子劉師會代簽的。拔管吧？」玉茶林瞋目而不動氣說：「那就讓我盡最後一口氣等他吧。叫他來。」玉茶林到自然斷氣那一刻都還不知道那個沒來的陳君被這群師生們派駐在病房門外，不得進入、出聲，只能暗暗飲泣。

毀希錄志林・策

新鄭有丐伙數十，義盟無間，然常至饑餒無一足腹，冬將至，團頭憂眾，乃謂群丐曰：「新鄭雖非富鄉，奈何不給吾區區數十之輩？不聞醋溝多有事業，寒微士人往往廁身求飽，吾何不往就操持，以資生計？」某曰：「視僕等蹣跚襤褸，詎接？」團頭曰：「吾有總角舊侶營業，向以自恥，毋相就求。今則饑驅我等，何慮辱身？」於是眾喜而噪，團頭乃曰：「吾某甲乙，三人為先，爾等勿躁。」丐等色皆不豫，欲動。團頭曰：「止，止，數十相圍，業者不過錄一三等，過則拒之必堅。不若吾某甲乙先就，彼必不棄其一，久之，引荐一二，又久之，更引荐一二，如是活者，或能得十。餘眾則以此往謁他處，是則新鄭雖非富邦，豈不能資吾等區區數十眾之生？」是冬，新鄭凍餒饑死者，不數人。

（窮士子曰「措大」，或曰「醋大」，有言新鄭士人窮而賣醋也。又言新鄭有「醋溝」，士流多居於此。見唐・李匡乂《資暇集》）

毀希錄志林．化石

古有迦施尊者，善於化石，常於山林對石宣道，石喜而動，化為精物。其師常便衣菩薩至所呵斥，曰：「小兒無知，令有情常於六道。」迦施聞之有悔，涔涔汗衫，慚惶無地，遂化為石。常便衣執迦施石身詣市，對人曰：「此尊者真身，爾等可以祈祝。」自升天逸去。眾人以為異，便張寶幢、香花為供，日有男女祝念於前。迦施自念：「眾生有靈，自可求道離苦，奈何所祈無非世念，勤求眾苦資糧？我今為石，縱廣長舌，無力宣講化度，令得義諦。奈何奈何。」如是三大劫，迦施石身常於市中受眾膜拜，更自思惟：「昔我化石，神通自在，適無情而有情，曾不過三晝夜耳。今常駐有情，世世於我石身座前祈請，而竟無出離者。眾生之剛強，何甚於石哉！」念訖，常便衣菩薩現前，曰：「小兒知之乎？」一時迦施尊者復為肉身，五體投地，泣師曰：「小子固一頑石耳！乞師垂憐。」常便衣曰：「諾，亦非三晝夜，亦非三大劫。」言下迦施大悟，隨常便衣菩薩去，不知所蹤。後，眾亦稱菩薩曰「化石菩薩」。

一個居住烏克蘭靈媒的死前筆記

每次冰河期過後，在這生存條件並未造成太多決定性改變的行星上，所產生的生物群，其基本生命形式也就差不多，但真正相類的也就只是基本形式了。因此，相隔著冰河劫的不同生命世代是很難真正了解上一代或上幾代的文明的。人們如何固著於這個行星，如何遙想這行星之外，有形的、無形的。也許我們很難了解，在生命本有的自律，與對環境消長的敏感下，我們這個行星上的各生命物種如此彼此相安地存活著，可是你曾想像過生命之間也可能存在著「非兄弟」、「非物種間」的同類之心嗎？也許我們真的很難了解，就在我們生活的這個行星，上一個冰河期之前，曾有過互相傷害的生命物種，各位，請不要訝異，聽我說，雖然你們不會相信這種瘋狂，但根據種種遺蹟的研究，的確是如此，雖然這遠遠超出我們固有的常識，研究的結論也經過七千三百多萬次質詰及修正，最後我們所確認的訊息，我想是離事實很近了。如我前面所說，不同的生命世代很難彼此了解，你們不會相信，他們的生命群不但是互相傷害，並由一個單一的物種決定這個行星上的一切，我知道這很難理解，各位稍安勿躁，我當然知道物種間的區隔只是生命的形式，而非內涵，但各位假如不使用你們的想像力，設想一種情形，生命形式相同的物種視生命形式不同的物種為「非物種」，這當然相當艱澀，但各位身為高等研究員，對宇宙經過長期了解……（完，靈媒於此斷氣輟筆。）

蓮歌

小妹妹獨個兒撐著小筏子，晝進和她一般高的蓮叢裡，徐徐哼著歌，聽不出什麼調、什麼詞兒。傍晚，姐姐來到岸邊喚她，尋也尋不著她，於是也弄個小划子，滑進蓮叢中。什麼也沒有，只獨個兒空竹筏。星子高掛時，媽媽走到岸邊呼喚她姐妹倆，卻只飄著徐徐哼著的歌，聽不出什麼調、什麼詞兒。媽媽一聲聲，那柔嗓拋越，悠悠蕩蕩，像與姐妹的哼歌合唱。月上中天，爸爸安步踱到岸邊，烱暖的眼，說：「她們不回來麼？」媽媽淒迷地展出一絲笑意，歉說：「我還是回去吧。」褪下的衣衫癱臥在岸坡，銀藕的身軀撲著淡淡月暈，她讓自己慢慢漂流沒入蓮叢。

爸爸定在岸邊，蓮叢裡，徐徐哼著歌，聽不出什麼調、什麼詞兒。到得月兒垂隱，還愁苦地不動著。「日子總要繼續。」於是他漸漸漸漸稀薄不見，山稜溢出第一道曙光。

繡意

井水沖泮淨了泥沾，勻骨勻肌的小腿截兒雖然不夠白晰，膚脂倒仍細滑，唯那指底板兒不免微繭了些。綠杏兒揩乾了腳，踏著粗布鞋進了灶間，看辰光未晚，疊了三兩塊柴，又將擱在小柴堆上的舊籐籃拏上，坐在疊柴上繡起了鞋面。胡家小姐就愛綠杏兒的繡工，總說透著一股活氣，又愛綠杏兒靈溜的眼神。還央吳嬤嬤仗著是老夫人的陪嫁丫子，讓去回說把綠杏兒要了作跟前人。吳嬤嬤由小疼大胡小姐，自要順他。然老夫人為著愛護胡小姐的體面，聽說是個農家女，也僅准其僱來役雜活的小大姐，進不得屋堂的。胡小姐既愛綠杏兒，斷是不肯委屈了他，此事自是按下不提。倒是綠杏兒從吳嬤嬤那兒略聞了一點消息，雖則斷簡殘編，實不整渾，卻足夠撩人的啦。綠杏兒只在繡繡拆拆自己的心思：「是胡小姐提起的，老夫人允了，胡小姐倒又不要了？」「胡小姐也曾誇我心靈手巧，繡錢又常肯多給，但咱們村野丫頭，總還不放心捱碰大宅子裡的什細吧？看來貴人家的小大姐也不是泥腿子家窩出來的人當得的。罷，就別支望那份工錢了，起碼猶有些箇繡件攢些生發。」念到此，綠杏兒更專心鏽活了。都沒有人知道，胡小姐與綠杏兒的知心相賞，其實只在件件繡物上。

密齋之道

達共闍黎師提著鋤頭衝進了刻坊，揮手趕開雕版的工匠，眾人雖不明其意，也只得停下刀杵出室，各立在門外探看是何玄機。卻見達共大師舉起鋤頭猛砸那雕版，已遂未遂的雕版。慌了眾人，並不敢干涉大師，有那機伶的便跑去方丈，急告達共的師尊密齋大師，密齋即到。這時，達共闍黎師砸夠了木雕版，正在焚燒手抄的文稿，見密齋入內，即說：「大和尚，砸啦！燒啦！」密齋哼哼然，袖底也拿出一疊文稿，說：「砸燒了我的，沒夠意思，你呈遞來的，也一氣燒了吧。」達共一把奪過文稿，歡然地燒著，工匠們全傻眼。

老師徒偕著走了，師尊密齋邊走邊埋怨：「早說別刊刻啦，任它蠹蛀了算，偏你好多事。」達共說：「我這才知道，但總沒砸了、燒了痛快。」密齋罵道：「笨頭！這麼一點懂，得花寺裡多少銀子喲！」達共一拍腦勺說：「也無多子嘛。」腳步遠了，就再聽不清他們又咕嘟了些什麼。

工頭是位老僧人，安慰著一群愣慌的工匠：「不打緊不打緊，工錢絕不短少。」袖底也掏出好厚一疊文稿，說：「趕明兒個繼續刻，文稿具在，砸壞的重刻，作價加成照計。」眾工匠才鬆了一口氣。人問其故，老僧人先是口作支吾，後不勝其問，乃笑說：「密齋不是東西！其道好施拳腳。」

春草二、三月

公　案

月老避過了一篷急雨，這廂剛把紅線纏妥了珍姑，一出門，洪水倒來了。顧不得紅線那端等著的鄰村耿小生，月老跳上樹巔，那紅線卻越放越長，敢情是大水漂了珍姑，這下月老可不成了締夫？月老把珍姑救到了一座廟頂，正想去找耿小生，轉眼一瞥，看這廟竟是座龍王廟，水越滾越大，又把龍王廟沖倒啦！沒奈何，月老苦著臉把珍姑弄上了山頂，一下山，正瞧見黑白無常拘著耿小生的魂魄趕路呢。這下氣壞了月老，一橫杖擋下了黑白無常，喝道：「這耿小生陽壽未盡，姻緣未就，緣何拘他？」無常一愣，黑無常掏出懷中生死簿檢索，自語：「哎，真拘錯了，當是狄小王。」白無常聽了卻一伸手把老黑遮攔到身後，斥道：「拘錯便怎樣？你紅線另栓一頭不就得了？」月老不依，定要上告天廷，兩無常急了，正要把耿小生的魂還給月老，那頭龍王卻氣洶洶地趕來，一把揪住月老，說他帶著珍姑踩毀了他的廟，定要到玉帝跟前評理去。一群神、鬼、人便吵吵嚷嚷上了天廷。玉帝也被這筆糊塗帳鬧得頭痛，便敕問：「哪個給發的大水啊？」小官說：「是某國想蓋十二座大型水壩，因居民反對，國君向天廷申請大洪水，並獻貢無數，玉帝金口核准的呀。」玉帝沉默了一陣，說：「這樣吧，那耿小生拘了便拘了，人命並不值錢，此事不須再議。龍王廟嘛，天廷照准徵用民財重蓋。至於月老和珍姑，這個……准月老收珍姑為妾好了，珍姑升為神明。如此甚為圓滿，有諫者斬！」

天才未完成

天氣好熱，那段期間，馬布盧在工作間裡刻著一尊米拉神像，大形已經敲斲出來，卻懶懶地東下一輕鑿，西摑兩淺刀，時時跑到外邊打井水沖涼。全沒個勁兒，自不知在慌什麼。

其實大半的細節早都在心腦中琢磨出型了，兩雙眼、牛角冠、蝠翼耳，高十二尺，弓箭步，雙手擎起雙頭矛……。僅是頸項與腰間的佩飾還沒想停當，但可以開始細鑿的部分已經很多。這是工藝家的執念嗎？不至每個小處確然成竹在胸即感不安？這很難追究。不過馬布盧一生雕制的族神、山林眾神等，也不下六十餘尊，石雕、木雕都有，可都是邊雕刻邊改作的，其中最令人驚佩的胡蘇神石雕，竟高達廿八尺，其實是刻就一座小石崖成像的，族人以此嚇阻外敵。胡蘇神凡大改動三次才完成，當時馬布盧的一刀一鎚可是盡往脆爽裡下，也許因此才造就出那種雄樸欲動的氣勢。

馬布盧三十七歲了，族人活過四十的並不太多，他想，米拉神也許是他最後一件作品，他必須真的認真工作。

後記：米拉神像最終並未完成，馬布盧在工作中猝疾而死。助手，他的兒子說，馬布盧死前只說了一句話：「我一定要真正認真工作一回。」

原品山寨化

印娘知道明煥愛她，即使她不算頂美。明煥喜歡揪著她的臉說：「看看你多可愛！我的小村姑。」對於「村姑」這個暱稱，原本印娘是很愛的，在他們純樸、奮發，苦過來的年代中。現在要逼近中年了，二人多少有些苦盡之後的成就，生活便安逸起來，明煥為著工作上的體面，不得不稍稍講究光鮮。印娘也一樣，生活的環境中讓她不能太不注重衣著的質感。至此，她對「小村姑」這個愛稱已失去了甜蜜，且甚感到有些果爛於泥的甜臭味。

她開始在這張「村姑臉」上做工夫，起先是小小的，雷射、肉毒桿菌、玻尿酸，明煥見了就皺眉頭，但不願印娘不悅，便說：「我的小村姑怎麼變城裡人啦？我實在是懷念我的小村姑啊。」但當印娘在外界的眼光中，發現自己已更顯眼，就止不住在自己臉上繼續動工，工程還越搞越大。不理明煥一次次的勸說，他們的關係越來越糟糕了。

離婚後，明煥每遇朋友慰撫，總忿忿說：「這算什麼？原品山寨化？」

洞離子傳

在我未出洞府換胎戀厭這人間之時，丹爐也是無可無不可煉著，看著爐煙筆直而上，總歸散了。

伴我的靈物有四：牝的火麒麟與水龜，牡的水麒麟與火龜，面子上他們是守護丹爐的四瑞，實際上丹爐根本毋須守衛，洞府當中每日清閒無事。

然而，無事正足以生事，我自以為龜麟牡牝水火既濟，誰知竟是水火不相射，水與火格判然兩邊了。無情無愛的洞府中，火龜與火麒麟、水麒麟與水龜，到底是各自同氣相求了。雖然是各自兩邊，水火為二，但我猶自以為龜麟牡牝既已均分，仍舊沖和四守。卻不知兩儀既已分，少陽少陰隨以動，忘情太上四瑞一生情端，如火揚水奔，竟不可遏。

而麟攻龜禦，牡牝敵體遂成相克。火龜日禦火麒麟而不能翹首，水麒麟日攻水龜而不得息蹄。看著爐煙筆直而上，總歸要散了。

洞府將毀，我，洞離子，不得已而求胎來這厭戀人間。

病

「咳，咳咳，都病了大半年了，你媳婦嫁時收的那點兒銀飾可也典光了。我看……還是別再抓藥了。」李鍋子伸著脖子對外間的牛豪說，手卻按在牛豪的媳婦盧嬌手上。盧嬌抽回了手，眉皺怒地衝起一股無聲氣，熬了兩個對時的濃藥汁順手往床腳潑了。外間傳來牛豪刻意壓低嗓子的粗聲：「我說爹啊，您就別管這了。藥一時斷個三兩天還好說，總不能儘耽著啊。我跟嬌妹這兩日破些工夫往五通廟去多耍幾個場子得了，那兒人稠，怕不有幾兩銀子生發？」盧嬌也發話了，柔聲說：「可不是這話？五通廟自從二爺給畫了地盤，就從不許咱們李家正班染指一步。明兒個說什麼也得打破禁令。就是要動兒的飛刀絕活，也該項了！爹，您說是唄？」牛豪粗應：「正是這話。」

這頭李鍋子眼芒驚懼地吊著盧嬌，強定道：「別嘎，我這病不要緊，你們可別招惹我那兄弟啊。」牛豪還是一貫粗爽聲調：「爹您就別管啦，打不過，咱們不會跑嗎？只見過爭田水的械鬥，沒聽說賣解的真槍上打啊，自小您收咱們、教咱們，這您再清楚不過了，是唄？藥還剩一劑，兒子就給您熬上啦。」

牛豪粗手細心抓起兩味塞懷裡，到簷下張羅煎藥啦。

怪聞

據北聯社報導，位於佛羅倫斯的科西多冰湖（Cocito）終年極寒，人畜不可近。二〇一二年二月，一位青年在附近山巒觀測天文，忽聞遠處湖面傳來奇怪聲響，由於攜帶數具遠近觀測設備，即拿起隨身望遠鏡探看，竟發現湖面一具浮屍。當地政府獲報，立即會同軍警雙方，徵用抗寒特殊裝備至科西多冰湖打撈調查，後傳出驚人內部報告。據報，打撈人員親見浮屍緩緩吐出腹中氣體，由於屍體採取奇特的仰姿，可以清楚看見漸漸癟縮的胸腹腔，屍體並隨著氣體吐出漸漸下沉，但打撈人員亦即時將之撈起。屍體初步勘驗，並無外傷，奇怪的是筋肉並無腐敗膨脹等現象，最令人不可置信的是，屍身經過解剖，各組織器官完好，無法斷定死亡時間。法醫表示：「這只是一具停止運行的健康人體，並非淹死，也無任何受傷、病變。」然而從屍身腳踝銬繫入肉鐵銬的腐斷鐵鍊來看，以其銹蝕斷裂程度推算，至少須經數百年至數千年。

披著狼皮的羊

人類滅亡之後，地球還繼續發生許多故事。人類以為自己將會毀滅地球而流離失所，但地球終於把人類消滅了。物種慢慢恢復興盛繁榮，只沒有人。沒有了人，地球不再出現唯一霸主，各地域的生態開始了不同的生存競爭。

舊西川地區以狼族為首，踞坐在食物鏈的最頂層，受禍最烈的，就是羊了。起初，羊幾乎也要滅種，但經過數千萬年的鬥爭、演化之後，情況有了絕大改變。首先是羊開始懂得躲避，善伺狼族習性，狼族因為開始尊榮，便不大往荒僻走，佔據了人類這種史前生物的城市遺跡以建立狼族文明。狼族當然也偶有到荒山僻野獵羊的行動，但那只是一種運動、一種貴族式的休閒，畢竟狼族久經主宰一地，供應日漸豐盛，盜羊已不為饑寒。

後來羊族也學會攻擊與偽裝，利用山石、木刺等拒殺少數落單、來犯的孤狼。然後他們學會披著狼皮出沒，使獵殺更為有效。為了戰鬥，他們需要更多的體力，千萬年後，他們開始吃肉，也漸漸演化出短獠牙，蹄更堅硬而形如角刺。

相對的，狼族越來越高貴，物資豐富，變成雜食動物，為吃精食，獠牙短化，或消失，也長出臼齒，爪甲變得細緻圓淨。體態也豐腴多了，其中顯赫的貴族宮中廳堂，常鋪著連頭的羊皮當做地毯，以保護他們細嫩的小腳，與圓脆晶瑩的指甲。更重要的是，踩在羊這種猛獸的皮身上，讓他們有一種威猛與征服的虛榮感。

惡魔

有一天，我在山上遇到了底西迦神，聊了起來，他說我的道力不行，還差得遠。我一生氣，就把祂打了一頓，鼻青臉腫的。祂恨恨地說：「別不信，我介紹個惡魔給你。」於是底西迦神帶我到山間一個貧窮的獵戶家，彼時，一個十六、七歲的弱小女孩正架好柴堆，吃力地把他死去的父親放上去，焚化。一家不過剩下兩口人，倒又死了一半。我問女孩，將要何去何從？女孩說不知道，底西迦神說：「她是個純善的女子，你何不照顧她？」我問底西迦神：「這難道是你所說的惡魔？所以她的善良是偽裝出來的假象？」底西迦神撫著青腫的臉頰回答：「神不說假話，你看著辦吧。」就消失了。

多少年來，我與這女孩締結美滿姻緣，相敬相愛，過了三十個年頭，她對我全心依存，全無自我地信靠我、順從我，我不能找到她任何的瑕疵。三年前她病逝了，我抱著她的屍身痛哭七日，去年開始，大家說我瘋了，說我整天對著虛空拳打腳踢。但你們真的沒看見？那不止鼻青臉腫，簡直被我打得支離破碎的底西迦神嗎？

復仇

　　馬旭這下只能告饒，壓在他身上柔軟而玲瓏的軀體正不安份地微微蠕動，三十如火的虎狼年紀，女光棍劉二姑可是戚鎮上出了名兒的帶刺辣花，雖說不上是人人走避，但稍微安份點的人家絕不讓子弟偎近她，儘管她是戚鎮上最嬌俏的一枝牡丹，就說是許縣數百里地面上，也還找不出與之齊名的豔蕊。一個女人家得此江湖豔名自不是什麼好事，正經家道中總是帶點不屑而避忌地說起她。可是，世人對劉二姑的風評也並非儘往劣的一面倒，起碼在許縣地界的江湖道上有她一席地位，算是戚鎮上說得金、做得鐵的仁義大姐。但說過了，這朵狂花帶刺，儘管美豔得讓人饞涎，那股烈性銳氣、滾刀溜鎗的一流身手，至今還沒哪位大爺敢說吃得起、啃得動。劉二姑不知原姓氏，是個孤雛，自小被著名武師飛刀瘋劉瘋子收養為徒，長大後領師傅遺命與兒伴師兄，也就是劉瘋子的兒子劉化民成親，說不盡的乖巧持家，師兄妹兩相愛悅。劉家兩代俱是名人，在許縣提起統領鄉團的劉化民劉大隊長，可說是響噹噹的字號，不但勇猛絕倫，且保民靖鄉功不可沒，但下場不好，年紀輕輕就遭股匪白毛鬼趁夜潛進隊伍打黑槍打掉了。原先不管團務的新寡劉二姑葬了劉化民之後，也不跟人講，獨自帶上匣槍，護腰一排十二把飛刀插子，夤夜搗入白毛鬼老巢，斃了三個護駕，卻給白毛鬼帶著一個護駕逃了，那年她二十二。自此以後，舉目無親的劉二姑開始叫字號、講斤頭，插手地方黑白兩道，地方上知道她在偵察白毛鬼行蹤，一半敬她苦心孤詣，一半是她身手的確少人能及，人雖厲害、狂烈，倒很講理，不容小覷。

八年過去了，劉二姑終於躡上那逃走的護駕馬旭，敢是八年前風色太緊，馬旭與白毛鬼還未跟劉二姑照面，倒了兩個護駕，他倆立時竄跑，只留下一個護駕待宰。劉二姑好大心血引馬旭至劉化民墳前誘捕，馬旭知道這個門過不了了，只說白毛鬼黑吃黑早被他剁了，實也無甚可招。說：「小娘子，不順氣，我領剮就是了。」仇報不了啦，劉二姑一下子墜入冰窖。一下子沒話了，兩人這樣靜靜相持了半夜，馬旭也只怔怔看著她，這勇毅的氣慨多像她漢子啊。已經感覺虛軟的劉二姑一腳蹭倒了馬旭，卻也跌仆在他身上，她反應極速，一把攮子即刻向前抵住馬旭，不巧連手帶刀都貼在人家下腹了。「小娘子……。」

馬旭剮都不怕，這時卻像告饒。虛軟的劉二姑，一向冷靜捏刀的手這時卻抖個不停。

遺稿

牛智監剛升上了副教授，行年九十的老父牛敦儒卻過逝了。智監耗了兩年多的時間整理牛敦儒的遺稿，準備出版全集。他想，也許只能自己作序了，父親的手稿雖不能說是多麼驚人，但舉凡詩詞、論述、雜文等，也有數十萬言之譜。質呢？兩年多下來，智監才算是重新認識了父親，領略了牛敦儒固然陳腐，但也厚實的學問。然而，間中有些見解卻對牛智監仍有所啟發，雖然也不能算是太多。智監是「老來子」，跟一向沉默的父親很少交談，只知道父親幼時附讀過村塾。智監一直認為父親所以識字不少，就是憑著這一點根底，但在父親七後整理遺物，除了書桌、架上的書稿，拉出父親床底下的大木箱子，經過整理，才知道父親所學遠不只「這一點根底」，從父親的某些舊聞雜錄中，還發現父親也許曾在京師大學堂短暫就讀過。但智監也知道，父親沒有任何學歷證件，自小到大也不曾見過父親有除了鄰居、鎮民以外的任何一個友人。

牛敦儒在鎮上算不得什麼人物，但久居的鎮民們倒是都認識他，從遷臺以來，牛敦儒就在鎮上開了間小小的牛肉麵店，帶賣一些餡餅、燒餅之類的麵食，一生未再搬離。店名很簡單，就是「牛家麵食」，牛敦儒一向獨立做活，智監大了也不要他幫忙，要他只好好讀書，店裡的生意一直好不到哪裡，但也總能維持。也許牛敦儒的麵食完全種入了他自己的風格，工雖實，但說不上高超。

父親的遺稿，這兩年多整理下來，智監越來越篤定出版的想法，常常苦思全集名稱，《牛敦儒先生全集》？聽起來是還體面，但牛敦儒是誰？名不見經傳啊。父親又沒有別名、書齋名，真不知如何是好。其實牛智監也想過，《牛家麵食主人全集》，但就是舉棋不定。

愛情

我總覺得繼母一直防範著我，那年她帶著讀國三的女兒跟父親結婚，當時我也才高二，正開始準備大學升學，說不上同意，但我覺得家裡能有人照顧家務也不見得不好。

信不信？開始的三、四年間我和我的「妹妹」總共也才打了三個照面。後來我知道妹妹從繼母再婚之初，就轉學到住宿學校就讀了，幾乎連過節也都不回「家」。「家」，她這樣也算有家嗎？我只記得妹妹是個漂亮得不得了的女孩子，後來由於長時不再見面，也不太記起她的模樣了。仔細說來，妹妹也不是總不「回家」來，原先我以為是巧合，這都正好是在我有事不在之時，畢竟之後我也到外地讀大學了。但也大概知道繼母防著我，不讓我跟妹妹住一屋簷下，或真的認識。怕我亂倫嗎？真是的。

很久以後我又知道了一件事，選填大學入學志願時，繼母規定妹妹不准填選我所就讀學校的任何科系。但世事難料，山不轉，路會轉，經由校際社團活動認識，後來我所追求的女孩子竟就是我的「妹妹」。剛開始，我們自然都不知道「是他／她」，很難置信啊，我們彼此陌生到對面不識，且連兄妹彼此的姓名也不曾互相關心過。

追了她一年多，總不成功，後來對她的了解更深入時，才發覺她竟是我的妹妹。只好放棄了，至少還能當好朋友，也許也能當好兄妹，我總可以當個關心她的兄長吧！我想。她不能接受我的愛情，但我還可以給她親情，不是嗎？她自小以來也很少享受到親情與家庭吧，這我是清楚的。

她比我晚知道這個對她來說一點也不殘酷的事實，也接納了我，不再逃避我。其實是，不用再逃避我了。

幾個月後，她說她愛上了我，親情與愛情，她選擇後者。

鎮鬼

水瓢道長動作太慢了，筆舔了又舔，自覺毫尖沾得的烏雞血份量不差，吐出一口長氣，移定了腳步，竟還用兩把螭獸銅紙鎮抹平壓好了黃裱紙，恭楷細描了符文、符尾，「敕」字是飽滿凝重的顏體，「急急如律令」是鐵骨嶔崎的北海碑體，好容易寫好了收腕，自顧端詳，自語：「這烏雞血墨色也過於重滯，或許加點朱砂好些？」

即對一旁打盹兒等著的徒弟喚道：「小喇兒醒來，去打點酒，買些吃食來，另外再到藥舖買二兩朱砂回來。」還沒混上道號的小喇兒醒來了，答的話卻有點頂撞：「這符還不能用嗎？我說師父，別說朱砂啦，這會兒徒兒袋裡只剩十幾文，打酒都不夠啦，還說什麼吃食？酒呢，徒兒看是別打了，二文錢一個包子，咱們買他六、七個搪搪饑好上路是正經。朱砂嘛，那玩意兒趕今兒個是不用再提啦。」水瓢怒道：「你這是發哪門子邪瘋？為師的怎麼吩咐，你就怎麼做去，還胡出主意？沒錢？跟居停陳員外先支領些啊，這五鬼鬧宅可是絕戶煞啊，即不說陳員外許了兩百兩銀子供奉，就是寒門小戶一毛給不起的，咱們不枉一身法術志求大道的，遇上了也不能坐視。你還嫩著呢，學著點。」

小喇兒懶嘲道：「師父的道行是沒得說的，這個徒兒當然清楚。可師父您到這兒第九天了，敢是眼睛矇著過日子？師父教徒兒的，徒兒可都盡心學著，沒敢忘的。五鬼鬧宅是急煞，鬧到厲鬼現形肉眼，便過不了七天的不是？師父，您倒睜眼看看，陳家現在可還剩下半個活人？徒兒上哪兒支銀錢啊？本來行法鎮鬼少則三天，多則五天，鬼鎮住了就不打緊，可以慢慢煉化。但師父您符咒畫寫了一張又一張，張張看，張張好，都捨不得燒化作法，那五鬼煞也當您是傻瓜，鬧得嘎嘎鬼笑呢。徒兒三天前開始喚您，也喚不醒來，都喚到累倒餓慘啦！」

水瓢道長這下乾瞪眼啦：「這什麼？都過九天啦？」

萬象

一原子真人自出了虛荒秘境到這塵世尋找她的兩個徒弟，已近五年了，卻不著一絲消息。其實近兩三年來兩個徒弟陽離子、陰離子一直都混跡在一原子身邊，但不作道人裝扮，而是不露本相，以各種身份、外形，易容出現。

陽離子生性易感，常常耐不住衝動，幾要露餡兒與一原子相認，卻每被陰恬冷靜的陰離子拉住。這時陽離子總會閃著淚花，說：「兄弟，難不成就這樣看著她一路形銷骨立傷痛下去？割捨不下啊。」陰離子就說：「我也割捨不下的，哥，要不咱們這兩三年來何以不自去逍遙，偏要十步不離地守著她？可你別忘了當初咱們兄弟倆因何下山。」

「也是啊，兄弟，要不是姥爺忽地現身，揭破了咱們的身世，咱們到現在還在喊著娘師父、喊著姥爺師祖呢。」「可不就是！我還管你叫師兄呢。都怪姥爺，一去雲遊三十年，一世哪！可我也想不透，姥爺當初既以娘為徒，娘一世修真，如今道力不淺，也差可生死自運了，那時姥爺回到洞府，倒又硬要與娘父女相稱。咱們幼小不知之時，娘就教咱們以師徒名份，想娘幼時與姥爺會不會也是這樣的呢？為啥到得咱們都長大成人了，洞府秘錄也修習得差不多了，姥爺卻又反口？哥，你想過這些嗎？」「無時不想的，兄弟。但我也著實參不透啊。」

末後，一回兄弟倆又在一原子落座的客棧門外參詳其事，一個殘燭似的老人家拍拍他們的背，笑著。兄弟倆盯著老人家半晌，驚道：「這不是姥爺麼？怎麼一下老成這樣？」老人家笑道：「是姥爺沒錯，五年多前你倆看到的我是宇外知名的虧空道人，也是你師父一原子的師尊。但眼前這個糟老頭子，就是你姥爺了。你娘呀，珍姑早先就是有仙緣的，月老幫她牽的紅線卻是個死鬼，先有了你們，卻來不及成親。你娘珍姑想著世情紛亂，看破紅塵，才半途來找我這老父修真，為著不要你們倆小子再歷紅塵之苦，才瞞著你倆身世，儘督促你兄弟用功哪。」

兄弟倆問：「現在呢？」姥爺說：「說個偈吧：虧空道人空不空，原子有子一原子，陰陽離子去復來，大化無象萬象中。你們去認了娘了吧，瞧她這模樣，見了你倆還能不叫我的兒麼？」

新鬼存想錄

我想那確然很痛苦，時愈屆愈痛苦，而且恐怖。但在我還沒恐懼完畢，就「已經」發生過了。

下一剎，我看到形形色色的……。從前我就是個樂觀好奇的人，現在我想我還是一個樂觀好奇的，「？」。好吧，我可能已經是個鬼了，我想我就是個鬼了，資歷最淺的。我還能以「鬼」活下去嗎？我還能以「鬼」存活多久？老先生看來很和善，因為穿著褂袍，我問他：「老大爺，咱們得這樣一直下去麼？有投胎沒有？有審判沒有？」老先生張了我一眼，低頭看著自己的身體，喃喃說：「我……我……我死了……。」我又看到一個秦俑！啊，不是俑，我該知道我現在是什麼傢伙，這秦俑，不，這秦人，不，這秦鬼是正牌的！不過他一勁兒四處張望，像不知發生啥事似地驚恐，口裡烏嚕哇啦，我想我跟他言語不通。

我又看到一個七、八歲小女孩，我在想，她再怎麼幼小，總歸是我的前輩，但我總不能叫她前輩、老大娘吧！倒是……依吾看，向著這位「前輩」也是問不出什麼的，她只是瞪大眼睛瞪著瞪著。

我飄啊飄，好似在讀歷史，遇到許多識與不識、百聞不如一見、百見亦不曾聞的種種裝束、模樣的……鬼。可是我看不出誰知道到底發生了什麼事。

故鄉的花

貓標活了四十多歲了，大半的人生都在放逐中度過。十七歲時照著調戲他女友的昆仔肚子捅了兩刀，後幾年都躲在山區不敢出來，不敢回到羅東老家。出了羅東，他一個朋友也沒有，也曾在西部城鎮當遊民，照舊躲躲藏藏，沒曾久留一地。老實說，要不是昆仔那一回太過份，他們可是自小結拜親密無間的兄弟啊。國中畢業後，還一起在廟裡混陣頭、神將，換帖的。

十多年前，貓標幾次偷偷潛行回羅東看看，不敢去廟裡、家裡，一切曾經太熟悉的地方，當然也不敢讓人知道他是誰。他不確定自己有沒有被通緝，這麼多年來，一次也不敢打聽，他字也認識不太多，畏畏縮縮像個蟑螂就過了這些年。回到羅東，只有一處非去不可。他終於找到阿蘭，卻挺著個大肚子。貓標費盡了心機在荒僻處跟阿蘭相認。

「阿蘭，你嫁人了……。」阿蘭還是很柔順，低著頭說：「總是要嫁的啊。」貓標的年少氣盛早在十七歲那年就耗盡了，不敢去碰阿蘭臉上、手臂的淤青，現在只能訥訥地說話：「伊對你不好？伊……打你？」阿蘭低頭不語。「伊……是不是昆仔？」阿蘭低著的頭墜下了淚滴，雖然很小，只有一滴，但貓標看得很清楚。

「幹！」貓標吼了起來。當晚，昆仔肚上又被捅了兩刀，貓標依然失蹤不見。

時間晃晃又過了十多年，貓標依然在各地流浪，或躲在山區苦活著。幾乎每夜都想再度潛行回羅東看看阿蘭，但他的膽子已經隨著那聲「幹」用完了。更折磨他的是每夜苦思的一個問題，他究竟想看的阿蘭，是十五歲以前的阿蘭，還是那匆匆見過三十歲的阿蘭？他的頭腦一直不夠用，要把她們兩個當成是同一個阿蘭是很有困難的。

一家三口

吉貴負著老大一口背囊，奮力拽著樹皮繩網獨自捱步前進。繩網上一條臥斃的大蟲，背囊裡是兩頭蹭蹭蹬蹬、吱聲尖嫩的乳虎，而吉貴墳起的筋肉不只對付這樣的重荷，右手一把扑刀還得隨時在雜蕪中劈出路徑。

為著路程不遠，好說。要不，在這歸心如虎的時刻裡，原該就地割剝了虎皮，再剜下些個零碎就好上路，左思右想下，終是不能捨掉一個整虎；在山裡人的眼中，牲畜、野物的用處可以從鼻頭派到尾尖兒，不單是囫圇骨肉填肚皮而已。吉貴一邊吆喝著砍路，一氣兒想著他的女人，再沒多久要臨盆了……。

「正就收拾了這條大蟲，娃兒下地這陣子，咱可得好好陪陪她了。」吉貴想著這頭龐大老虎身上的每個部份，從給媳婦兒補身的食料，到小娃子的床荐、衣帽，這頭虎模虎樣的大老虎，在吉貴的腦海裡已然散裂在家窩的許多角落裡了。吉貴越想越是奮發他全身的精力，拖著這笨重的死獸。

實在說來，就是打鹿、羌子或野兔，吉貴這馬上要成變三口的人家，在這沒有邊際的深山裡，憑他吉貴的身手，總也不會失去了溫飽。但吉貴想，虎父虎子，恰要生娃兒的辰光打著了虎，卻是個好兆頭。

又掙蹭了兩夜，近了傍晚，出門廿多天的吉貴終於望見了家門，高興地口中呼嘯像山裡的王。還三、五十步許，門伊呀一聲開了，正乳著孩子的媳婦兒這會兒倚著門笑著呢。

天色半暗，炊煙漫起，伴著遠處山風颳來的隱約虎嘯，既溫暖又肅殺。

鳥智

菜鳥和老鳥安全士官一起站哨，這老鳥還好，雖然挾著家中八顆星的威勢，為人倒算是謹慎，屬於那種非必要不願得罪同僚的一類人。有時雖也不免不自覺地散發出八顆星的光芒，只不過多半閃爍在對他絕無影響的菜鳥的眼眸裏罷了！

他叫道：「衛兵！天色已經這麼暗了，後面的圍籬沒有燈光，若是有人隨意進出怎麼辦？外面站去！」

「大哥！連上規定衛兵站哪兒，就讓我站哪兒吧！再說大伙每天從那裏進出，到小店裏買買東西，到乾洗店裏送洗衣物，就算是偷跑出去逛逛，也沒誰出過紕漏的吧？我們菜鳥沒什麼資格，不大敢跑，但你們每日從那兒進進出出，也要我裝作瞎子嗎？到了軍官要進出時，還不是罵我衛兵不站定位，到處亂晃，又把我趕了進來？難道你要我站在那邊向每個人道晚安嗎？」

被轟炸的老鳥，相信他原也不是認真的，只不過隨意耍耍老鳥的威風而已。但當時菜鳥並沒有想到這點，不然隨便混一下也就過去了。現在這一頓搶白卻迫使老鳥必須保衛他的老鳥資格，不能顏面盡失。

「你、你這菜鳥這麼囂張！我要告訴連長，說你抗命。」

菜鳥覺得八顆星可不是好惹的，且這事情自己也不算全對。只是當時年紀輕，不會想事，覺得這樣便服了他真不甘心。於是菜鳥忿忿地說：「好！好！我不抗命，我就去站，哪個答不出口令的，看我一槍結果他！」

說著一邊將空彈夾裝上，猛拉子彈上膛的槍機，然後作勢大步向外踏出。不過，如果你能透視菜鳥這肅殺的表情，便可見到一張竊笑的臉龐。

然後，也沒發生什麼事。兩人一看壁鐘，繼續窩在遮風避雨的安官室裡衛哨，老鳥也不再撩撥菜鳥啦。

記一段鐵血鋤奸團的歷史

轟地好大巨響，學校整個震呆住了。這是本市最好的一所高中，本市的榮耀，本市的徽章。學生們都很優秀，每學年都有一半以上的學生將離開本地，進入全國第一的大學就讀，同時幾乎大半的學生都會進入全國第一流的幾所大學。用功的學生當然很多，更耀眼的是許多活潑好動的資優生，所以校風一向很自由。

爆炸發生不到十分鐘，附近的消防隊已經趕到，接著警方也來了。沒有什麼災害，沒有人員傷亡，資財的損失也很輕微，只是炸壞幾片玻璃，一些試管、燒杯之類的非貴重化學器材而已。

警方會同校方，還有緊急召來的化學老師開始向學生問話，涉及的兩、三位學生正是校裡最優秀的那幾個，老師平常就很關愛，品行沒什麼問題。據學生說，他們是自組的「化學研究社」，因為管鑰匙的老伯也很疼這幾個聰明好學的好學生，所以他們很容易就借到實驗室鑰匙。當天的實驗照說也沒多大危險性，報告了詳細的實驗內容後，化學老師也說，如果學生沒扯謊，的確應該是不會有大災害的。警方鑑識科的人員到現場大致看了，也說學生應該沒說假話。但到底為什麼轟出個不大不小的爆炸？則是誰也說不上來了。

因為學生的確乖，的確聰明優秀，警方也覺得毋需追究，即當成一場意外結案，只要求校方要多加注意。校方的處理也很開明，請來學生家長一談，簽下了嚴加管束的切結書，事情就告落幕。

刑警爸爸有些不放心，因為他的小孩從國中開始到現在，都是那領頭學生的好同學，回了家自也跟小孩懇談一番。小孩說：「我讀文組，跟他們理組的搞不到一塊兒。」這才放心。

三年後，刑警孩子都已大二啦，一回跟老爸閒聊才說起：「事情早都過了，現在說說也沒關係。其實我們當時組的一個『鐵血鋤奸團』，藍圖畫得很大，主要是想遏止嚴重的政治對立、省籍對立。鋤奸團下轄好幾個社團，打算把組織發展個幾年後再付諸行動的。我是文學藝術社，還有政法研究社、財經研究社等，還有爆炸的那個，他們是我們團裡最激進的份子，他騙你們，根本不是什麼化學研究社，而是『炸彈研究社』，天天在商量要炸掉哪些機構呢。不過也別擔心了，當初原本胡扯的成份就居多，現在大家更是只忙著考慮升學、就業的問題啦。」

四月草

「左昱武！你滾出來！」左昱武蹦起來，急推門走到廊下張望。「是誰？」和小廝在園裡找不著人，一會兒，遠遠戚管事跑了來：「少爺少爺，門外有個兇和尚……。」「我不認得什麼和尚啊。」「門子已經要老九跟趙師傅出去看看了。」「隔著幾進屋子聲音還這麼響，看樣子來人功力不淺，恐不是易與之輩啊，只靠老九跟趙師傅頂得住麼？」

「左昱武！你滾出來！」大家都傻了，這不是剛剛那雄渾的嗓音，而是尖厲的女聲。左昱武怪道：「這怎麼回事？戚管事，來人不只一個麼？」戚管事瞪著眼說：「這可怪了，方才我趕來回稟少爺之前，還匆匆張了一下門外，就是一個兇和尚而已啊。我再去看看好了，順便叫吳師爺把護院班子再帶幾位過去……，這會兒還不知道是什麼事呢。」

「左昱武！你滾出來！」戚管事前腿才走，這回換個蒼蒼的老頭兒聲啦！聲調拖得長長悠悠的。左昱武實在耐不住了，顧不得身份，要丫頭捧著劍跟著，自個兒到大門口，一看，倒有些怔住：「啊，是少林隱慈大師，峨嵋空悲師太，還有武當浮塵道長，不知何事枉駕蝸居？」隱慈哼了一聲：「江南大俠胡濤，你不要說不是你殺的。善哉。」空悲不等左昱武回答就說：「看這左家偌大一片產業，便知不是善類。」

左昱武正色道：「胡濤是我殺的，但也只是在公平較技下一時收招不及所致，生死怨不得人。左某人唯一懊悔的是與胡濤僅因口角細故而竟刀劍決鬥，但在事後亦已致奠二千金深表遺憾。除非胡家有人出面邀鬥復仇，左某人認為此事已定。三位前輩如有不滿，就劃下道吧。」

浮塵陰惻惻地說：「你左小輩生平雖無傳出惡跡，但你殺了武林同欽的江南大俠，這回你過不了關了。」

隱慈大聲道：「出家人慈悲為懷，不願多傷人命，小僧要廢了你的武功，帶回寺裡終身監禁，望你能從此一心向佛。善哉。」空悲恨聲說：「本師太卻要截了你施暴的右手，這已經便宜你了。」浮塵則笑說：「反正都歸塵土，依我老道說，還是埋了他乾淨，這世道已夠亂的啦。」

這時忿聲四起，最後是圍觀的這些安居樂業的山城居民們，不知誰一發喊：「趕走這些假出家人！」如雨的石粒、土塊、鍋鏟、饅頭、牛糞餅子，硬是將「三位前輩」逐走了。

當然，走前照例要唱一段過門兒：「左小輩你等著，我們將號召武林前來聲討，你好好保重你的小命！」

內功

大漢雙手持著杯子特為站起，大約是激動，聲音還有點兒叫場子的吼咧咧：「白二爺，蒙您青眼，我李三夫婦算是遇著貴人啦！這回包銀跟彩金合計，咱夫妻可以過上好些年啦！您坐著，坐著，我李三可得好好敬您一杯。」

卅多就頭髮全白的白管事笑瞇瞇地拱著手說：「客氣客氣，兄弟不過是穿針引線罷了，主要是您老哥和小嫂子的玩意兒行、手段高，這回我家老爺子壽筵開賀三天，幾個管事分頭張羅的場面，就屬您李三班子頂露臉，兄弟也跟著沾光。尤獨那滿天花雨灑金針，這可是極高深的真功夫啊！硬是把尤管事找來的名伶萬金春、戚管事找來的少林四金剛給比下去啦。咱們岑總管私裡可跟兄弟掏出話了，老爺子四十、五十整壽的賀筵一向席面上的演藝都是這四金剛壓軸，說起來也跟著老爺三十年啦，可就這回壓不住場。雖說老哥您遊戲風塵，靠打拳賣藝維生，昨晚老哥略顯點兒真功夫，可真把場子給鎮住了。岑總管還跟我說呢，怎麼壓尾兒四金剛的鐵頭功、油鎚貫頂往常總是博得滿堂彩，這會兒可還更像街頭打拳賣藥的啦！」李三還有些靦腆，白管事卻笑得很開。李三他女人端出了金針雞湯，白管事一看又笑：「這倒也是滿天花雨灑金針啦，你們小夫妻倆都來這一手！」這下李三也笑開啦，就吩咐他女人：「行了，菜也擺滿桌啦，你好好敬白二爺一杯就下去吧，也省得白二爺拘束。」李三女人笑著舉杯，便退下了。

酒套近乎，就聒起來了：「說起我這女人，雖是千金小姐出身，沒練過拳腳，是個柔弱女子，但對於武道的眼光精到，可還真不含糊呢，我都不得不服。也許是大家子出來的關係，不怕大場面，膽子穩，鎮定起來什麼都嚇不動她。要不，我那手滿天花雨的盲射，可還真找不到下手演練呢。」白管事奇道：「小嫂子不練武，拳腳器械卻看得比你還精？」「是啊，也不知怎麼心眼巧成這般。昨晚您是親見，我蒙起了眼，幾把金針連著甩出，她背靠著的那門板札得跟刺蝟一般，卻一針也著不到她身上，我出的手我自是有把握，可最重要的，是我曉得她不會移動分毫。二爺，您可知道咱夫妻倆在練這一手時她怎麼說？她說，『我一瞧你出手的勢子就知道成了，不怕。』可見她並不是只憑著一顆傻膽。」

「可見她是會家子。」「不不，二爺，她這是跟著我這麼些年來自己揣摩透的。所以拳腳刀劍的外功她看得很精，咱們築基苦練的內功她就不置一詞了，這是看不到的嘛。」白髮的白管事微笑說：「我的傻老哥，小嫂子內功可比您強多啦，看準手勢跟金針的眼力可是不憑內功就能練出來的？她只是不願壓過您，要成全您吧。」這話直把李三聽得猛瞪眼。

外間李三他女人發話了：「白二爺這份見識才是隱身的高人呢，您大人大量，何不放過我們這些小人物？」

這一兩年來

議員隻身來到電影院，還戴著墨鏡，領著首走，頗低調。議員雖然卸任四、五年了，那段被封為「翻雲覆雨手」的輝煌歲月令他至今還被視為社會名流。名人，他到底還在不在乎名氣？在無權而勢衰的這幾年。以往得志的那些日子常常偷偷做的那些事，這些年來沒了資源，也只能悄悄地來幾回，何況男人無權如去勢，不風光了，也就不盡興了。「還是少花些冤枉錢吧。」這一兩年來的結論如此。

再說，這一兩年來電視的政論節目、談話節目也不太找他了，雖說前此多年積撈的老本不至於啃得完，失去了舞台，不能再娛人了，日子還是得自娛下去。這一兩年來，他開始嘗試一些平民娛樂，從前的那些所謂高級娛樂，在他現在做來，總感到只是灑著鈔票去捧那些當權者、黃金後進等等，不再能提振他的「過氣」了。當然，他花得起，錢對他來說還不算什麼，但花錢要是只能買到進一步的失意，這做什麼？

他無事般鎮靜地買了電影票，並非沒有聽到背後女孩子們小聲的私語：「他看三級片耶！」他心裡大吼：「你們不是也在排隊買票？」女孩子們又極小聲說：「自己一個人看三級片耶！」他心裡更大吼：「那又怎樣？我買得起你！我買得起你們！一次兩個！只是買來的已經太不真實了，我再也受不了不買你們時候……的你們，所以我乾脆不買，你們懂不懂？我……還是自己來好了……。」

離開了售票口，他假作不經意地瞟了瞟那兩個女孩子，好可愛。他心裡開始嘟囔：「我何不買斷她們？或其中一個？」

於是散場後他在電影院門外等著。這是這一兩年來的第十二次了，總計失敗七次，成功四次。也被狠狠地騙走了四大筆錢，當然，他花得起。

黑色慾火

深而窄仄漆黑的防火巷裡兩把強烈的慾火要把人燒化，但這是黑色不洩露光源的濃火。

八樓的他是個好丈夫，雖然社會上也真有些陽光丈夫，對家中妻小呵護備至，實地上卻有不為人知的外遇，或外家。他似乎無此可能，但我只是說似乎。夫妻倆合開早餐店，天沒亮一起到店裡忙，午後收拾停當一起回家，孩子能自己上學、回家了，不用擔心。傍晚夫妻倆一起逛黃昏市場、賣場，買菜回家做飯。他，實在也似乎沒有機會對不起愛妻，搞外遇，但我只是說似乎。

十三樓的她，情形竟然一樣！她夫妻倆在另一個路段開早餐店，孩子竟也是他孩子的同學。這樣的關係，二家也極交好，經常假日一部車或兩部車地，一起出外郊遊。兩對夫妻的生活細節雖然大同，當然也有很多小異，但沒什麼好說的。

可是畢竟還是要來說一下「小異」，每晚八點十分垃圾車準時到樓下，只停十分鐘，這真是好小的一個細節。八樓負責倒垃圾的是他，十三樓負責倒垃圾的是她。

這幾年來，他跟她，兩個深愛自己家庭的男女，由談得來到有意無意享受偷偷碰觸對方的快感，緩慢地發展出一套偷情程序。這也很簡單，反正垃圾車很準時，提早五分鐘下來等，這反倒顯得打理家務的心甘情願。

早等垃圾車的絕不會只有他們，都老鄰坊了，垃圾很好託人。垃圾一脫手，兩人分別回大樓，分別到那黑、深、微臭而無人跡的防火巷中，彼此擁抱、索吻，手伸進對方居家寬鬆的衣服中恣意扭捏，彼此啟動了最狂野的暴動為對方服務、被服務。有時候也能達到高潮，有時候他們只能帶著慾火裝作無事地回家「增進夫妻情趣」。

他們，都真的珍愛自己的家庭，珍愛妻／夫兒，因此不會越軌了，在他們的秘密軌道中。

莫名的哀傷

村子裡，麵龜最笨，太歲最聰明，兩人交情卻最好。他們離開了村子同在鎮上讀同一所高中，同班，甚至要進一步換帖結拜。麵龜雖然腦筋透鈍，身板卻天生英偉，也不是太高，但極雄壯。村裡窮，在鎮上讀書兩個都要省著過，太歲喜歡寫點文章投稿，有時得著些許微薄的稿費，可以切點滷菜，一瓶紅標或竹葉，和麵龜消磨一晚，但時次也不多就是了。麵龜卻受不得窮，也沒花時間讀書，讀不懂啊這是。

麵龜跑到工地當模板工，七、八十年代，一天有兩千塊工錢，算富的了。不過富是富了，卻並不買好料好酒去和太歲同甘，他雖然喜歡太歲，平常沒啥，就相對澆酒時刻，麵龜總覺得有些難以消受。這是因為太歲喜歡乘興拿出自己的得意文章唸誦，麵龜覺得很無聊。這還不算，太歲往往熱心地要提升麵龜文化、氣質，說這個社會需要用腦子、用學問，於是老逼著麵龜讀誦他的文章給他聽。「興起了一股莫名其妙的哀傷……」太歲大聲喊cut，指著說：「是……莫名的哀傷啦！你莫名其妙咧。」麵龜只好再讀：「興起了一股莫名其妙的哀傷……」太歲又喊cut，罵道：「莫名的！莫名的！不是莫名其妙的！」可是麵龜讀來讀去，一到莫名，總煞不住其妙，最後太歲只能投降。

麵龜人笨，沒大出息，書沒法讀，賺了錢也不知要做啥，就去混賭博電玩，輸乾了還拿土製炸彈去炸店！他有這腦子製造土碰子？這就要靠太歲了。祖輩們爭田水械鬥的故事並非遠到完全沒有殘跡，村裡人不玩法律，一切來現的，如此而已。

太歲長大之後到大都市奮鬥，只憑著還算靈活的腦子實在不太夠瞧，最後還是攜帶槍械被提報流氓關進去了。五十歲的麵龜還在當模板工人，連工頭也升不上去，富是不富，就是日子過得也還算滋養，永餓不著。他帶著一張殘舊的筆記紙去探太歲的監，太歲變得一臉陰厲，冰石似的。麵龜拿起筆記紙讀了：「……興起了一股莫名、的哀傷……。」太歲，笑了。

氣數

毛不道到底是不是道人，也沒人確知，人問其號，他總笑著說：「偺好比造化中的一毛，不足道，不足道。」因身著玄色博袍，挽個道髻，大夥兒遂呼他為毛不道。

遜清末年，毛不道忽然在永定門內大街出現，僅帶著個小徒弟，找來塊半人高的破木片，央鄰近算命攤借了筆墨書上「大卸八塊」四字，立起，立時吸引不少路人圍觀。天橋區原來嘈雜，這一塊佇足的就更交頭接耳啦。有那識貨的興奮地扯著同伴喊：「難能啊！這可是大戲法，難得一見啊。」當眾宣揚這彷彿獨得之秘，多麼見多識廣似的。其實逛天橋的閒人多半各有一肚子雜聞秘錄，並不缺少什麼知識，但對「大卸八塊」這趟法術倒多只是聽聞，少人真正見識過。

只演試了一趟，左不過一刻多，當天晚上，北京各大小茶館、食肆、胡同促談最烈的，就是毛不道白天裡這驚恐神妙萬分的法術，親見那一刻的，當晚都成了紅人，儘吃儘喝不要錢，大家夥兒愛聽那毛不道如何剁下小徒弟的頭、手、腳，儘管只是解了六塊，不是八塊，那也是大醇小疵，無足怪的。又愛聽那毛不道如何重將小徒弟拼好，蓋上黑布，喃喃施咒，布幔一掀，如何跳脫出了個蒼白活孩子拱手四方揖向人稱謝。還愛聽那施法咒的地上，幾灘遺留紅豔的童血。

毛不道只一刻鐘便成了京畿聞人，可惜自第二天起就不再走趟「大卸八塊」了。每日都有眾人央他、許大價錢的，他只是笑笑不允，撫著小徒兒的頭說：「『大卸八塊』是大戲法，也是險法，有干天和的，況施這法對這孩兒極為傷身。諸位爺不嫌棄的話，偺給掌個有趣的小戲法『五鬼搬運』得了，諸位爺賞光，賞光。」說著，便一抖黑布，從黑布裡端出一碗酒，敬給一位爺，說：「老興芳的白乾兒，滋味純正，帶股桂花香，爺您嚐嚐。」黑布連抖連端，通共敬了卅八位看倌卅八碗酒。又發話：「這搬運的小戲法不傷大雅，法道的規矩是有借有還，眼下老興芳的窖中，有一罈密封未啟的老酒空罈啦。爺們有興自可去老興芳求證。偺一會兒收了酒碗，還得連酒錢一併璧還老興芳櫃上呢。」其後，毛不道天天玩這套「五鬼搬運」，就這麼神，好事者每必求證無誤。

可久來，玩意兒雖奇，總不如嚐新，有人戲問毛不道，說徒兒學得幾分啦？也露一手唄？毛不道說：「偺這法道氣數盡啦，雖傳了下去，卻恐非好事。徒子徒孫偺告誡不可顯露啦。」「那有什麼搞頭？」天橋閒人圖不到新鮮，漸漸不捧毛不道了，才幾個月，毛不道也就乏人問津，消失了。

民國六十四年，台北市西門町天橋來了個身著玄色博袍，挽個道髻，自稱毛小道的遊民，抱了個空紙箱，上寫「五鬼搬運」，說要當眾表演法術，喃喃背起了咒語，啟箱當場變出了兩套西裝。精彩嗎？大家看看就走，沒人再理他了。後來，毛小道到天橋旁的百貨公司歸還西裝，卻遭報警依竊盜罪嫌逮捕。

期限兩個月

月，只有在你沒能聽到之時，我這樣喊你，月。原先我不知道為什麼在只剩短短的兩個月之時，你忽然第一次找我吃早餐。

月，就在第三次早餐時，我開始思考這個問題，為什麼一份早餐我們可以從早上七點吃到下午兩點？我想是因為你正不斷拒絕你對我的愛，而我，為了於你公正，正在等待你光明正大地失敗。雖然你差不多只是笑著，聽我不停的對你說著這個，說著那個，說個整天，你也笑著聽著，你的回答也帶著碎了我，的笑。我到底都說了些什麼？其實一句也記不起來，你，當然也是。我知道這是我們所以沒有各自回家，或沒有互相擁抱的一種必要措施。月，為了什麼我們要這樣幾乎無時無刻差不多快忍不住？

月，鬧區幾條街的餐廳我們都吃遍了，上午茶吃到下午茶、晚茶，可是你能記得我們都吃喝了些什麼嗎？二十四小時營業的咖啡座凌晨，我們頭併著頭一頁一頁翻著、討論著我們其實並不關心的雜誌內容，也不是真的不閱讀，是在閱讀著，我們找著「可以假裝有趣」的內文、圖片，指著，臉對臉笑。但也不能笑太久，會……太假。而且，我會忍不住吻你，且你會因沒等到我的吻而失望，還帶點「還好我沒真的吻你」的安心。

可是我們總不能除了工作時間之外全部黏在一起，太晚了、出來一整天了，你總得回去、我總得回去，因為我們每天的最後，都找不到彼此不各自回家的理由。這理由，我們每天整天各自偷偷考慮過了，真沒有。月，真沒有。

趁你去洗手間時，我將你座前的杯墊抽出來，翻過來，在背面寫上「love you」，然後翻正，依然好好襯在你喝一半的紅茶杯底。

你有你的責任，我知道的。雖然我並沒說出我並不同意那是你的責任，月。

神的世紀

曼哈頓計畫最後實施了最小的一個方案，由美國領頭，英國、加拿大參與，草草製造了一批原子彈了事。

原始計畫的破局，除了是因為計畫太過於龐大、艱鉅，幾乎需要與會的十三個全球最高權力者放棄現有的一切來投入之外，我想也稍微繫在於人類最後的一絲微小的良知道德感，雖然只是微小。

原始曼哈頓計畫求的不是現世的利益，甚至是以破壞殆盡現世利益來追求未來在人類社會中的絕對權力。所以這跟一般的大型科學計畫不同，主導研究及計畫主幹的決策者並不由科學家擔任，科學家只負責根據計畫主述提出相應的配套計畫與一切技術。當然，計畫所擬定的兩大期，全科技如何的有效投入還一樣是成敗關鍵。而且，計畫對外啟動的準備期工作也要全部由科技人員完成，科學，始終是最基礎的依恃！只是，人類今後將不以科學的面貌出現，將科技的神奇深深隱藏起來，而發揮它最終極的作用。

計畫的第一期是最艱苦的時期，人類，必須毀滅現有世界，全面地消除文明，人，只要不滅種就可以，一切的設施必須保證確實破壞至沒有痕跡。當然，只除了秘密建造的「最後城市」。此後的兩百年，或三百年間，這時限沒有一定，「最後城市」的子民將要組織六百個全球巡弋部隊，全天候地在世界各地繼續摧毀殘餘文明及一切人類知識的保存、傳播。這樣過了幾百年，「最後城市」確定了人類已然全面回復原始生活狀態後，第二期，偉大的曼哈頓計畫主體便可登場。

計畫的主持會是這幾世紀以來，「最後城市」培養出來的一批最終權力者，包括歷史學家、哲學家、歷史神學家等。此時將開始慢慢地、有著非常小心限度地釋出存藏已久的人類文明精華，科學。

「最後城市」在嚴密的保護及隱藏下，會讓地球這幾世紀剩餘的子民稱為神殿，神殿出來的神明皆掌握著不可解的神力，千里通話、上天入地，無所不能，處處神跡，神愛世人！

只不過，當初的十三個最高權力者，十一個表示計畫不可行，六個領導人甚至表示堅決反對，計畫若行並將加以破壞，於是破局。最終只在新墨西哥州沙漠地區造了個十萬人的微型城市，花了才二十億美元造了一些現在世人所知的原始核武了事。而「神的世紀」，不會降臨。

客棧

這是貴州境內僻壤一座不為人知的小小山寺，倒不是什麼秘境，只不過當真是一點兒名氣也無，寺名也不如一般叢林的莊嚴，就叫「老寺」。沒有任何題記碑石，甚至也沒有門匾，僅門柱上釘了個殘有墨跡的無字木牌。估計木牌上原有「老寺」二字，卻給風雨歲時侵吞了。但別看它殘舊，四下裡竟是打理得纖塵不染。

雲台得了密州禪師指點，行腳千里來到了老寺掛單，已六天了。這夜尋思：「老寺裡僅有三位僧人，參談之下固也是有道阿闍黎，然其妙處猶不如密州導師，恐是當不起此行千里頹杖啊……。不如明朝一別，更圖別路。」

第二天上，整個清靜的古寺更為清淨了。雲台找不著三位僧人，一位都找不著，自作了早課，便不知如何是好。拿起了帚、布到處打掃，消磨時辰。

雲台守著老寺這樣過了半年，三僧中一個法號「客棧」的僧人忽地出現，雲台奇怪地看著他，一時間也忘卻了驚詫。客棧說：「師兄道心堅毅，萬事且平常視之，勿要多問。」就這樣，客棧與雲台不分主從地每日早晚課，一齊將老寺維持下去。

如此又過了不知多少年，陌生的僧人尋來了老寺，掛單。過了幾天，夜裡，客棧領著雲台靜靜地往老寺後山的密林裡走去，走了不知多少天，雲台似有所感，自在一株樹下入定，再也不理客棧了。客棧則一眼也不看雲台，自往回走。

急診室的春天

急診處的護士們又在竊竊私語：「莫醫師的太太又來了啊，這會不會太誇張了啊？這個月第三次了呢。莫醫師怎麼受得了她這樣？也不管管她？」「是啊，這兩年來每個月都來掛急診兩、三次，院長可以讓莫醫師這樣？」「聽說高層也約談莫醫師幾次了，大概是取得什麼諒解了吧。反正病歷上總寫著什麼『心因性頭痛』、『心因性暈眩』，也沒開什麼藥，大概還可以容忍吧。」

自從兩年前唯一的兒子送出國讀書之後，莫太太就開始「生病」，當然，發病的時刻總在莫醫師長時值班之時。莫太太每到急診處就診，莫醫師總是好聲好氣「問診」，一點兒也沒責怪過莫太太。莫醫師是急診處的老牌醫師，也是王牌，在條件相對低於其他科室的狀況下，多年來仍謹守崗位，穩穩在急診醫療的份位上掌舵。也許是因為勞苦功高，高層倒很諒解莫太太的行為，也覺得莫醫師並未因此影響急診處的醫療品質。只要送來病患，莫醫師總要莫太太先等著，而自去處理，或確定其他醫務人員已然妥善處理中，這才繼續為莫太太好好「問診」。

莫太太是位溫和有禮的高貴女士，從不想因為自己的寂寞與思念侵害了莫醫師的工作，所以只在莫醫師多日值班之時害病。

血債

狹鋒刀不利於砍劈，所以馬糾以精妙的刀技，一衝錯便又剖倒了三個人，兩個切開肚腹，半開了膛，一個刺進肋骨縫，刀身斜拖而出，心臟在腔裡，迸破了。但這並未阻住如潮的排幫幫眾，衝來的幾個，被倒下的三人一絆一阻，圍攻的勢頭終於有了一絲間隙，馬糾虎跳而起，扭身雙腳斜踹，硬是蹬斷了一個幫眾頭顱，一下藉力翻上了屋瓦。沿著屋瓦疾馳，總算將排幫幫眾甩遠。

但馬糾知道危險並未遠離，果然到得河邊，排幫大哥印虎王已率領其他幫眾列好了陣勢。馬糾忿聲恨道：「光棍只打九九，你排幫連年追殺於我，不覺太過麼？馬某自問並未死罪！」印虎王重重哼了一聲，道：「你罪該萬死！今日以前，排幫幫眾死於閣下刀下，共有六十七條性命。今日一戰，咱們三弟在劉村圍不住你，不知又添了幾條新魂！」馬糾怒道：「在下不該為自己性命拼搏？閣下說的這是人話麼？」「你這採花淫賊，壞了多少女人名節，天下皆知！」馬糾瞠著怒眼：「天下皆知？你一幫之主可以這樣信口開河？馬某自承紅粉知己不少，可有一個是恃強誘逼的？閣下統御的可是江湖上的赫赫大幫，豈可這般隨口混賴！」印虎王氣極，向前重踏一步，吼道：「依你說，我那妹子也是自願？」

其實印虎王的妹子倒真是自願，然事發之時馬糾力抗排幫追殺，僅顧住了自己一條小命，女人卻給排幫搶回去了。頂不住這許多兇人，馬糾帶著四處傷，躲了半年才告痊癒。江湖上一打聽，印虎王手下拖了女人回去，印虎王也沒見她，問也沒問，當天直接下令浸了豬籠。可憐女人，至死一句遺言也傳不出來。這也是後來馬糾面對排幫的糾纏下刀絕不留情的原因。

這會兒，後頭排幫三當家的率著殘眾也趕到了，馬糾自份必死，直接衝入印虎王的佈陣，見人就剖。本來以馬糾超絕的刀技，下刀不著骨，刀勢以拉剖為主，刀鋒不易磕損。但這一仗，超渡了排幫百多條刀下游魂，馬糾的刀口，也竟捲邊。馬糾一邊低語，一邊斷氣：「幽娘……你總嫌你沒個名兒，……家裡只叫你丫妹，來不及……但我替你想個好名兒了，幽娘……你喜歡麼？咱們……在幽裡相會……。」也不知道是不是血，換得了馬糾這浪子最後的情愫。

枯溪

淺黛的岸，凋零的溪，蘭舟斜擱在河床，河伯初病。

絕美的山魅在溪邊啜泣、尋覓。英武的山魈緊著他如刀雕俊拔的臉龐，不發一語隨著山魅巡遊。要不是溪病水衰，此便是仙苑閬干，神人歸處。

虛空中，傳來了深重的嘆息，山魅在草上飛起，滑出了幾道長弧，顧左盼右，說道：「河伯你別躲著我，你在哪裡？」半晌，又傳來深深幽幽好長的嘆息。山魈實在忍不住了，就說：「雖然你一句話都不聽我說，我還是要告訴你，沒有河伯，世上沒有河伯，那是一個孩童的聲音。」山魅嗤了一聲，說：「你別騙我，有山魅、山魈，為何沒有河伯？你瞧，這溪流都枯了，河伯一定病得不輕。」山魈無奈道：「你以為世上真有俊美如和風的河伯，但卻只是那無聊文人無事的遐想啊。」山魅根本不看山魈一眼，自顧對虛空說：「河伯，小妹自含靈開識以來，日日尋你，儘千年了，如何不得垂憐見上小妹一面？」那一聲聲嘆息卻細微起來。山魈跟著山魅，也漸漸尋覓遠了。

牛童蹲在岸陰樹洞草窩裡，一聲聲嘆著：「怕是鬧旱魃了，溪水涸成這樣，別說草木不好發長，連飲牛我看都成問題了。往後的日子怕要混飽都難，你說是吧？老牛。牛兒，你也正挂心著年成不好吧？咱們可不像方才那倆挺俊巴的哥兒姐兒們，只知談情，不知饑飽，定是城裡來遊山的闊人子弟，是吧？牛兒。我再睡一忽兒吧，還有些嫩草你儘多嚼點，旱成這樣，過幾天又該找新的草場啦。」

新手

周奇開始上班之後，努力地去適應職場生活，雖還不大得力，但也漸漸習染出了些些社會人的「成色」。

首先他想，大辦公室是幾個區營業部，是公司大部分基層業務人員的辦公處，這不過像學校的教室，一人佔一套課桌椅，不同的是沒有上下課鐘，而且都是自習課。大辦公室周邊是幾間小一點的重要部門辦公室，如會計室、人事室、企劃部等，裡頭的職員職等未必較高，但因為是屬於管理部門，氣勢總是強些，這又好比上了研究所，佔住了專門研究室的研究生，雖然也還是學生，卻是相對較為「高貴」的學生。樓面的另一側，平常無事是不會走過去的，那都是些高級主管的個人辦公室了，不用說，這是教授個人研究室。

周奇自以為透過這樣的類比，一定能快速地、很好地掌握職場生態，順利展開他的職場生涯，可是他錯了。並不像學生，沒有「好的教授帶你上天堂」

這回事，而是根本見不到教授，事實是不論大小事都被大辦公室中坐向「南面」的主任死死鉗住。周奇又想，學校那一套顯然不對，這比較像軍隊吧？他想起了服兵役時班長的偉大。於是周奇秉持著軍中層層管制的原則，重新決定了他的職場生活新方向。他認為這回一定對了，可是他錯了。軍中同袍固有黑與紅之別，卻從沒有對同伴落隊不管的情況，怎麼說人人總有一口飯吃。周奇是新進人員，業績不振在所難免，這卻被同事隊伍拋開，兩個月只領低到不行的底薪，還因幾個行政程序的不熟悉被扣薪，這下連吃飽飯都成問題了。周奇想，也不像軍中，沒人會剩一口飯給你喀。但周奇的團體生活人生經驗就只有這兩種了，這怎麼辦才好？

最後周奇想起了出獄不久的哥哥，想起哥哥既在那種最惡劣的環境中都能好好生活過來，他的經驗一定是有用的，可是他錯了。周奇重新出發後，把自己當成一個新進的、沒有地位的囚犯，他想，我一個新手怎麼敢狂妄地與前輩一爭業績長短以求立身呢？我就這樣放下身段腳踏實地的苦幹吧，「有志者事竟成」，不是嗎？這樣又過了兩個月，周奇儘幹些低三下四沒人肯做的雜務，業績？開玩笑，沒有！但沒人因為他的後勤勞動服務、幫助，因受了許多益而真的重視他，周奇還是被辭退了，進公司不到半年。

但這回倒是見到「教授」了，辭退一個小業務員原本主任執行即可，經理卻特為召見周奇，親自告知去職命令，而且有一個轉圜：「業務雖然辭退，但辦公室很需要一個雜工，薪水也許不高，但大家都看好你，應該可以有所發揮。你能考慮一下嗎？」

坐檯

小室裡，孫爺與趙董各兌換了一萬元的百元鈔，小姐捧著兩個長方形錫盤的百元鈔各放在他們面前。一切都是過客，包括人和錢，而那長方形錫盤尺寸之與鈔票相契，顯是「過錢」的一種專業器具。

一共才三個男人，倒有四個小姐坐檯，那是因為孫爺與趙董玩夠了個把鐘頭的色色小遊戲後，敞開厚重的公事包，取出現金玩撲克牌對賭上了。多那麼一個小姐賴著不走，無妨。

雖說兩人的現金合共不過兩百七、八十萬上下，並不真算什麼大錢，但在酒店討生活的小姐們來說，又豈有對這「不算大錢」能輕易放過的？不說抽紅了，就是勸賭起鬨，那兩盤打賞用的百元鈔也消耗得快些，也比色色小遊戲輕鬆多了。

不過，儘管小姐們不能不被大把現金吸住了一切注意力，在酒海人生混得下去的小姐，也不乏稍有一些厲害角色，或不太遲鈍的職業敏感。兩個老闆是人精，耍錢雖耍得炫目，並不是容易摳錢下來的夯貨，弄清楚了他們並沒有分紅的傻勁，放著兩個傻妞繼續以崇拜眼光巴結著孫爺與趙董，另兩個小姐慢慢不著痕跡退了下來，一人一側坐到第三個客人「白爺」身邊。

在這個世界裡，客人不是稱董就是稱爺，白爺是趙董的「軍師」，趙董一來就介紹了：「你們不要鬧他，讓他自在些。」幾個鐘頭裡，兩人雖也稍稍注意過白爺，卻完全摸不著頭緒，所以雖與他夾坐一起，倒也不敢動手動腳。那頭賭得盡興，這廂倒輕鬆地聊開了。兩個女人靠著白爺隨便講些話，雖然少領了些小費，卻是難得領了檯費還休息一夜。

事後，聊起了那晚，趙爺說：「我知道你討厭用買的。」白爺說：「我也知道你覺得用買的方便，可是白天收得的訂金款項沒讓會計到銀行存妥，還先支來玩樂，終是不妥。」趙董嘿嘿一笑：「你雖然什麼都懂，但這你就不懂了。我跟孫爺是賭假的啦，出了店門誰的錢還誰拿回去。你不覺得逗得那些小姐一愣一愣的多好玩？這樣她們才會巴著我不放呀。哈哈，哈哈。」白爺苦笑：「也許在那種地方我也只懂得坐檯吧，且沒檯費可領。」

絶學

今年，大師級的史學家傅明夷教授將要退休，但他一生最重要的秘傳才正找到滿意的傳人。他知道，他秘意中的關門弟子資賦之優，甚至還在一向不許人的自己之上，以故，自己數十年在學術界中的所有成績，一點也不須費心傳授，只要將長久以來未曾示人的秘學教授下去就行了。這樣，不帶來、不帶去，便可孑然清爽地回歸造化。

今年，傅明夷的小兒子傅古春順利考取了父親所在的這所百年名校，也主修歷史。傅古春並不在意父親退休，他崇敬父親，但並不完全信服。事實上父親重要的學術著作他全看過幾次了，卻忍不住產生許多不同意見，多次與父親盤駁，雙方都不能心服。明夷知道這只是因為古春學養尚未充分培育，並非自己的見識真能強過兒子多少。這狀況古春心裡也很清楚，這是他主修歷史的原因，倒不是為了爭勝，只是逗引出了追究根底的學術興趣。

既然是秘學，又是關門弟子，傅明夷從學校退下來之後，便在家中關起房門傳授絕學。「古春，房中導引之術並非一干腐儒籠統所說的不入流方術、邪術，而只是精研人體氣血形神，透過人倫之禮的健身營神功法。當然這也分三六九等，如武藝之事，達磨的五禽戲、張真人的太極拳、南宋流傳下來的八段錦等，都是高尚武藝，是修身之武。這個『身』所指的是身體與心神，你是知道的。專為爭鬥傷人的武藝，如螳螂拳，效那螳螂喜食同類的殘忍習性構造出一套乘瑕抵隙、攻人要害的損人之法，於人於己都無益處。房中導引之術也是如此，有極深微高密境界的，卻也有下流無行的層次，而邪術易成，深密艱難，品行及定性尤為重要，所以這一脈秘學擇徒不易，即如我，考察一生，也只有你是可以託付法脈。」古春說：「易學的就不說了，艱難的呢？如何艱難法？」明夷說：「古來修真而能道旨大成的，不外乎兩類人，鉛華盡洗轉而一心入道的，或未曾滄海即以道心為基的，此時你尚未明白男女情愛，正是奠定道基的好時機，高段的房中導引術最以道心主宰，一入男女情愛，則人我必有大損，用現代的話來說，就是學這門秘術是要一生禁止戀愛的……。」話還沒說完，傅古春蹦了起來大喊：「不要不要，我不要學這個！」奪門快步走出，還一邊低聲自說：「晚上還約班花吃飯呢。」

房中，傅明夷寂寞地把房門輕輕掩上。

鐵肩

紀老伯一回家就被紀婆婆埋怨：「買個醬油、豆腐要這麼久？都倆多鐘頭啦！午飯還吃不吃啊？咦，怎麼空著手？你忘了要買啥了呀？老悖了喔！」其實紀婆婆也不兇，就是嘴碎，老夫妻倆感情好得很。

「嗐，還真別說，被搶啦！我嘛……就拿著你的小皮包兒出門，才過兩條街，一個小伙子抓住我手上皮包就拽，拽了幾下拽不動，許是急了，另一手望褲袋裡掏出了一把折刀，卻沒手把折刀拉開啦。弄得我是又好氣、又好笑，看他一臉惶急的，別要真幹出什麼傻事，我就把手放開啦。想你那皮包兒裡也不過三百元錢鈔、幾個銅板，算了。」紀婆婆搭著紀老伯的肩看了看：「你沒事兒吧？」紀老伯說：「沒事兒，能有什麼事？」喝了一口水，其實他比紀婆婆更嘴碎：「錢倒是小事，我一想，此風不可長，就到派出所報案了，這會兒才作完筆錄回來呢。想想也是夠嘔的，前幾十年來一直在土城幫著老總管工廠，那年代可不像現今，收付都用銀行轉帳，每個月要領薪，前三日就得到銀行提現錢，哪回不是我獨個兒扛回六、七百萬現金？也沒曾出過錯。沒想到臨老來我『鐵肩紀押運』的招牌倒砸啦！三百多元錢都護不住，真正氣數！」紀婆婆打了個呵呵有聲的大呵欠，他知道紀老伯的舌頭比肩膀還了不起，縱著他，就歇不了啦。於是就說：「橫豎看你也不怎麼餓，那就兩頓打做一頓好了，晚上早點開飯算啦。可豆腐跟醬油還缺著呢，你去給『押運』回來？」紀老伯一笑：「好唄！」

紀老伯過了二條街，正一個銀行口，忽然警鈴大作，銀行裡衝出了一個蒙面漢。紀老伯胸中熱血一湧，口道：「真正氣數！」蹲著身，鐵肩往蒙面漢懷裡一撞，兩個糾在一起啦，那漢子槍也磕掉了，面套被紀老伯拉掉，竟是那三百元搶犯。紀老伯這下真火了，再也不留情，圈手一緊，箍得搶犯頭臉腫脹得像個豬頭。圍觀的群眾一片驚呼，誰也聽不清紀老伯的嚷嚷：「不忍心你傻事越幹越傻，你當我手軟好欺？憑你這三百元的身手，你爺爺我護過的錢鈔你搶幾輩子也搶不完……。」警方很快趕到了，押了搶犯，管區警員充滿敬意地為紀老伯拍打身上的灰塵：「紀老伯，真看不出您都七十四歲了哪，這膽力、這身手，我們這些後輩還得跟您多學學呢。」紀老伯吱著嘴哼道：「膽力是不讓你們年輕人，身板兒卻不成啦，鐵肩都生銹啦，腰骨更別說，閃啦。勞駕扶我一把，看是先去警局作筆錄，還是扶我回家歇著？」那管區警員正不知如何回答，紀老伯卻又苦著臉哀喊了起來：「唉唷！這下可又饑荒打不完啦，老伴兒交待的醬油、豆腐還沒買哪！」

無味之味

富裡出身的毛莉有得是資財，並不在乎丈夫一文不名。筆名冰情史的他沒有什麼特別的才能，日子混賴了好久，做什麼都不成功，常常泡租書店胡耗生命。後來彷彿知道自己也能做一些事，寫起了言情小說，賣斷一本六萬元。他的寫作速度不算快，一年大約只得三、四本，窮人還是窮人，至少不用一年裡讓高中時就交往的女友毛莉接濟十二個月。

到了年紀不小，兩個人的感情穩定到打呼……，也就結婚了。反正有毛莉在，生活什麼都不用擔心，毛莉也並不看不起他，當他是很好相處的伴侶，兩個人的感情在婚後繼續打呼，只能用「一夜無話」來形容他們整十五年的情史。婚後，他覺得自己總不能什麼都不做，雖然沒必要，他仍繼續寫作。於是，冰情史並未引退，仍然維持著絕不大賣，但還勉強可以上架的品質。

婚後已經不用再靠毛莉接濟了，你的就是我的，冰情史一下子富足得有些不習慣。然後，就習慣了。寫作的速度越來越慢，一年能有一本寫竣出版已不錯了。他也沒別的嗜好，又天生好靜，每天仍把寫作當做主要工作，雖寫沒幾個字，甚至整天寫不出一字，還是整日坐在書桌前「寫作」。這樣久了，越來越習慣不寫，有時想到了什麼可寫，也不想動筆，這樣一天神遊一天。

四十五歲的生日時，他告訴毛莉他要出家當和尚，他說他現在喜歡打坐勝過其他一切。打呼的感情終於驚醒了，毛莉說：「也好，認真說來，這些年來我也沒覺得你在家過。」毛莉畢竟還是愛他的，幫他找了個好山水的靜寺，獻了一大筆錢，送他出家去了。

有毛莉這大施主，他的日子當然不會清苦，儘有特權不理寺務，鎮日打坐。可他這下倒不習慣了，面前沒有書桌、紙、筆，他不會打坐了。這次他沒有隨遇而安，就是一直習慣不下來。最後還是在私用的禪房裡擺起了桌、紙、筆他特有的法壇。怪的是，對著白紙不動筆如是五、七年的他，竟又忍不住動筆了，然而，這意義竟是：冰情史此刻才算正式引退。他寫的是生平第一封給毛莉的情書，說道場好空，他要回家，他終於知道他所以能安然不動打坐，因為毛莉正是使他身心安頓的菩薩。

答案

對soho族的盧必來說，收藏家或古玩商人只是一體兩面，盧必認為自己是收藏家，但畢竟靠轉手古玩維生。行之多年的收七賣三原則下，盧必的藏品也的確很可觀。

這個行界裡人人對同行都存在著一種介乎灼見與偏見的看法，灼見是「某人的藏品很多並不是真品」，偏見則是「只有我這邊件件真品」，但這話不好公開說，你聽到的永遠只是「我只偷偷跟你說」，除了盧必。盧必的灼見跟偏見和他人沒啥兩樣，不同的是他不玩「只偷偷跟你說」這一套，他喜歡當眾「宣示真理」，所以在同行裡，他只能是一匹孤狼。

孤狼雖是孤狼，多年來的自大經營還是頗為成功，最自矜的「瞄一眼真偽立判」，且侃侃而談的超絕自信總能吸引一些信徒，雖說未必終從不渝。最篤的信徒大概是盧必的女兒盧燕吧，「爸爸是天才，是藝術家」一直是父女倆的共識。可惜盧燕並未得到多少乃父的傳授，家中藝術鑑賞的專業書籍倒是不少，盧燕懂的也只是這些了。至於「瞄一眼真偽立判」及眾多「出眾」的見解，盧燕每問父親如何學成此藝，盧必總是說不清楚，最後只好說：「這恐怕要你自己找答案了。」於是，父女都覺得這「殆為天授」，不可學、不可事，只能寂寞……。

盧必死後，盧燕哀痛地承繼了這批頗豐的藏品，及不少資金。盧燕不敢將父親的生意繼續下去，或再擴大收藏，因為她自覺古玩鑑賞功力絕無父親二、三。但盧燕還年輕，為著思慕父親，決定好好利用父親遺下的錢財，透過一些關係及自身強毅的努力，到世界幾座知名博物館長期滯留參學，這只是為了提昇藝術、古物鑑別能力，伴著父親藏品，能更深切體思她崇仰的父親。古人言，大孝終身慕父母，斯之謂歟！

許多年後，已然中年、形容枯槁、言行孤癖的盧燕重回這個已然無人相識的城市，在老家老址上撐起了一堂店面，是一間民俗藝品店。

完足

纏一雙足，至完成、定型，最少需時一年，順利的話。捱了一整年的酷刑，倆腳板算是瘸廢了。痛！

于中堂三個兒子都生養得好，也算祖上有德，唯寵的卻是獨一支花，小名兒應鸞。五歲起，夫人便與應鸞的親娘二夫人商量著給她裹腳，二夫人只是不忍：「要說咱們宦門女兒，誰也逃不了這活罪，還讓鸞兒多快活兩年再說吧？」大夫人嘆道：「遲不如早，丫子抽發得快，骨頭再拉拔兩年，越發受罪。這是為她好，妹妹你知道我的心。」

兩年過後，拖不得了，夫君乃班秩三品尚書，倘還養出個大腳女兒，不免遭人訕笑家規不嚴、主婦不賢。選個秋日，大夫人作主，喚來三個膀圓力大的粗作婆子、兩個擅女紅的丫鬟，再三落淚苦勸二夫人：「咱們都受過這個淩遲，姐姐豈不心痛鸞丫？」二夫人遲疑許久，終於說：「也不是我願意瞎寵著應鸞，罷了，再要八歲了，是拖不下去了。」

應鸞知道要折腳，已經哭開，擻擻抖著，一屋子裡除了粗作婆子略經過些風霜外，兩婦兩婢相覷垂淚。大夫人和婆子相商纏腳節略，二夫人覺得婆子們雖都幹過這行當，究非極為老熟。上了心，便對大夫人說：「婆子到底是幾年手勢生疏了，怎好放心？要不找個家生女兒先纏上，再讓應鸞？也少受些零碎。這雖苦了人家丫頭，都是心頭肉，好歹不能讓人白吃辛苦，若肯的，妹子總提拔她當個小姐，還她一世富貴。家生的有那合適點頭的，妹子情願給認了乾女兒，大了給找婆家，掏出私房全副嫁妝嫁出去。姐姐您說可好？」

于中堂致仕那年，在京中送嫁了疼惜多年的乾女兒愛姑，夫婿雖還是個小京官，畢竟兩榜出身，前途未可限量。而應鸞，都說嫁得委屈，是一個正直年輕的舉子，不過在縣學裡供個教諭，命定要清風一世的。都說是她娘誤她一生，但應鸞是心滿意足的，心中只是感懷娘終是狠不下心折毀她的腳，感懷夫婿不以大腳見棄。她還滿心感懷那代她受了廢刑的官太太乾妹妹。偶爾夜夢愛姑折腳裂骨中，粗手婆子緊箍她的口掙出的悶嘶閉吼，就要渾身盜汗驚醒。對不住啊，愛姑。

宿敵

停工已久的坡堤疏洪道工地堆疊的水泥函管遮蔽了外面道路的視線，近一兩年附近的小幫派、小混混的糾紛常在這裡解決。這只是一次小型的，兩邊人馬五個對十一個。

飛機頭老大歪咬著香煙，仰著頭罵道：「操你媽的屄，你們的人敢動我兄弟，很囂張嘛。」平頭老大也抽煙，但煙用手捏著：「我咧幹你娘咧，你們的人東賭沒老實，給人打剛剛好，還敢落人來！」飛機頭這邊的小黑喊起來：「操！你們那個黑臉的，我才贏他兩百多塊，他仗著人多，把我身上六百多塊都搶了。飛機哥，跟他媽的講這麼多有什麼用？今天不給他們好看不行！」平頭這邊紛紛罵上，平頭把煙一扔：「幹你爸咧，博壞賭還比人卡大聲，好幹來啊！」飛機頭是好勇鬥狠沒錯，可是今天急急過來，人少不說，大夥兒都只口袋裡的小刀，對方則是鐵管、尺二、木刀有備而來，這不是辦法，但也不能示弱。煙往地上一吐，就對平頭說：「你他媽的有沒有種？」「你是要怎樣？」「有種讓他們單挑，然後，我挑你，老子看你很不爽，想扁你。」平頭答應了：「幹！看誰無洨！」回身叫道：「烏仔！給他死！」烏仔走出來，平頭卻伸手一攔：「鉛管放下。」

於是小黑與烏仔對幹，雖然都不是勇將，也打得很火。不約而同紅了眼掏出了身上的小刀，兩幫人一見都大喊「給死！」「捅他！」烏仔往前衝出，小黑也出手了，飛機頭與平頭卻同時跳下場，合罵了一聲：「幹！」分別把自己的人推倒。這時，平頭這邊把風的跑過來喊：「警察來了，緊落跑！」

後來飛機頭承包了市政重劃這段河堤的營造工程，規劃的建築師就是平頭。營建會議結束後，一雙多年不見的老仇敵溜出會後的飯局。平頭說：「搭你的車吧，我的車已經交代秘書自己開回去了。」飛機頭笑說：「哈哈，你現在國語講得挺好的嘛。我們上哪兒去好？」「你四川人吧？我知道一間四川小館，還不錯。還是……還沒開工，我們到工地解決小時候沒打成的那場架？哈哈。」「去你的吧！哈哈。」兩人在車裡對望一眼，同聲大吼：「幹！」笑到快岔氣。

滅種

正賓只能是正氣國術館的最後一任拳頭師，時代大不同了，當初緊纏著相差快二十歲的大哥練拳腳、熬膏藥，甚至國中畢業後不再升學，無非為了接手父親、大哥在這老舊社區裡近乎宗師、長老的地位。但現在不興這套了，儘管這兩年大哥算是半退休，好容易實際坐館多為正賓，可幾年下來，正賓連個徒弟也收不到。十幾二十年前門庭若市的盛景早已不再，僅一些地方上長時相熟的老人家會來就教輕微的筋骨傷，或來找大哥泡老人茶、拼象棋。

國術館牆上掛滿了父親多次在全國國術比賽中演武英姿的泛黃黑白照，就連大哥也有這樣的照片，三幀。正賓，沒有，都停辦了。父親的門徒有許多，散在全省，也多半以國術館、跌打師為業。由於練有硬功，又有師兄弟連勢，在六、七十年代中，在地區的江湖道上都還算略有幾分實力。就是大哥，鼎盛的年代晚，也收過三個徒弟，正賓小時候全看過，還跟他們一起開始練武。只不過沒多年，三個師兄陸續轉行啦，這年頭武師有什麼幹頭？

父親沒來得及傳藝給正賓便過世了，正賓的武術全是跟著大哥學的，他們也沒認真序過輩份，主要是大哥認為這個行業、技藝已到了窮途，但自己一生也只會這個，弟弟愛學，就好好傳下去罷了。不管是不是代師、代父傳藝，正賓極幼小的時候就聽過父親誇讚大哥，說他根骨好、頭腦靈，本事已超過父親啦。正賓一路練下來，更勤，後這幾年，大哥開始讓正賓坐館，彼此心裡都明白，大哥日益消沉，功夫雖沒真的擱下，卻再也沒有大精進。這兩年，大哥不大走拳熬力了，彼此心裡都明白，正賓這小子比他大哥更是強爺勝祖，武藝越見精純了。但這又如何呢？一個快要消失的行業，一種無人聞問的技藝。

雖然招不到徒弟，但有兒子。十多年前，正賓好容易娶上媳婦，越南的，人倒乖巧負責，也幫正賓生了一窩仔子，大兒子人伶俐，但和他一樣不愛讀書，國中也沒畢業就在街上混，沒多久讓正賓搜出了兩把改造槍支，硬叫拳腿轟了出門，還好下手捏了分寸，否則雖只是一拳一腳，就這麼兩下，不死也殘。二兒子倒是知道唸書的，也有正賓兒時的拼勁，可惜腦力有些兒夭殘，不大見功。小兒子可好了，既聰明，性情也安定沉穩，又難得骨架長得好，算得上一塊上好璞玉。可惜長相實在太「南洋」了一點，但正賓知道自己也不俊，還有點醜，所以似乎不須在意。正賓心裡常想：「說不定真能一代強過一代，這小子肯練的話，我看還會勝過我。」

可惜得很，過了兩年，也就是正賓坐館四、五年仍收不到半個徒弟的一個煩惱日，這年小兒子滿五歲，已經可以紮基的好年歲，媳婦帶著小兒子和個越南勞工逃回越南啦。這都什麼？斷了根兒啦。正氣國術館也不能淨擺著當老人招待所，況又沒什麼入息，只好摘牌啦。

正賓憑著鐵似的身體，鐵工、建築工、綑工等粗活看機會換著幹，雖不能說多麼地學以致用，總還沒人不僱用他的。養活身邊的二兒子，讀高中、甚至奓望點，大學，都夠啦。認了齎志沒地的正賓，現在只擔心兒子的腦子不夠用。

死因

當然不可能找到人臉的捐贈者，所以正式手術直到規劃完畢半年後才執行。這是林德醫師與著名的天才怪醫懷海德的秘密合作計畫，執刀者是懷海德，人體實驗由林德提供自己當做活體，兩位醫師久已心急實現這次史無前例的偉大手術、偉大構想，因此，冒險弄來的人臉皮雖是女臉，林德也不在乎了。否則又要等到篩檢合適的人臉，又不知要到何時、不知要再冒多少險。

手術完成了，人臉經過內面的殖皮後，以精密的顯微手術耗了二十七個小時將臉皮的上端連結上林德的額頂處，血管及神經都好好地接上了，換句話說，那臉皮是活的、有各種觸覺的，也是林德身上血肉的一部分了，那形象就是林德的臉上掛著一張臉皮。他們的計畫是周詳的，臉皮捲上時，可用棉夾固定，加頂假髮或帽子，這是大家認識的林德醫師。臉皮放下，邊緣及眼眶、唇匡有特殊的防水塗液抹平固定，那是一個三十左右的絕色美女。

懷海德說：「臉皮是活的，根據狀況，一年內每天至少需放下十二個鐘頭以上，否則組織壞死了是無法修復的，你很清楚。」林德當然清楚，這時看著鏡中美女，幾乎就愛上她了，說不出話。

林德生得瘦小，四肢纖細，扮成女子沒有問題。頂著這張臉，林德出現在自己熟悉已久的上流社交圈，原本貌俗而猥沒什麼人搭理的他，現在是風靡時尚圈的神秘貴婦了。林德常常盯著落地鏡窺看自己，當然是女臉華服的琳達，這是女臉林德的名字，頂著優美的女臉，竟就能毫不費力地顯出種種優雅的儀態跟動作。可惜林德不能追求琳達，但林德畢竟佔有琳達，並且不用擔心她不愛他，或她愛上別人。他，甚至對著鏡子裡的她自己，做出猥褻的舉動，他是他的時候，與他是她的時候，真的很不一樣。

久之，不知是他還是她，或者都有，慢慢發覺她對他與日俱增的厭憎，嚴重時甚至反胃、嘔吐。直到……自殺。但懷海德清楚得很，這次所謂「自殺」只是生物學意義的描述，懷海德不斷想著：「究竟是他還是她自殺？會不會是他殺了她？又會不會是她殺了他？還是，他與她爭吵，誤殺了對方？或自己？」

少俠

瘦雞跟著五大派的隊伍，列在邪惡的天威堡外，要一次剿滅這群狂殺濫取、淫虐不禁的強盜窩。各派絕學雖高，畢竟修習艱難，成材的弟子皆不為多，因此五大派雖然聲勢浩大驚人，實則加起來不過百多人，倒是五湖四海舉副旗響應的英雄好漢人數更多，三百多人，足足有五大派的一倍多。

瘦雞的師父是山上的隱士，也沒名氣，瘦雞自小被撿養了學武，學成了也是個鄉野土人，沒見過世面。師父死後瘦雞下山，到處幫工做活，雖然沒見過世面，做人的道理師父倒還曾講過的，所以瘦雞是個好人。幫工兩年多，攢了一點，瘦雞買了一把凡鐵劍，準備一邊幫工，一邊行俠仗義。但瘦雞不是大俠，只是個鄉下人，那把便宜的凡鐵劍他倒認為跟自己很相配，也比木條練劍趣耍得多了。瘦雞不是沒耍過鐵劍，那是師父的隨身兵刃，但他讓師父抱著劍給好埋了。「這劍也很好。」瘦雞晃著凡鐵劍滿意地說。

天威堡終於攻下了，瘦雞很勇猛，認為那些強盜，或俠士，比狼群虎豹的殲擊也不算狠惡太多，有的連兩隻公鹿的打架也比不上。瘦雞那把劍實在厲害，見那砍人多、殺人猛的強匪，瘦雞輕飄飄地快速一滑進，不是卸了一條腿、一邊胳臂，就是見那追劫擄來婦女、孩童的邪徒，還一晃劍就批飛了頭顱。「這劍真好。」瘦雞想。

抵定了，五大派掌門一齊過來找著了瘦雞，問道：「真是英雄少年，此役少俠應居首功！可否見示大號、師承？令師宇內高人，或與各派亦有淵源？」「俺叫瘦雞啦，會殺強盜，也會種田、養牲畜，還會扛包、挑貨，剛剛學了砌牆，還砌不好。你說的話俺有一半聽不懂，像在問俺是誰，沒錯吧？」

後來大家都訕訕地走了，五大派敦請瘦雞過訪各山門的提議也悄悄作罷。瘦雞呢？帶著凡鐵劍去當泥瓦匠的小學徒了。他還得攢錢吃飯呢，是吧！即使劍已經買了。

養餓

民國以後，還有家屬特為跑來向秦牢頭致謝。秦牢頭總是一再遜避，說：「當不起，當不起，您哪，人是讓我給整弄死的，您不啐我、恨我，這就夠我羞愧的啦。」

前朝那些年頭，砍了不少革命黨人，縣衙裡行文到部的，幾乎全是即刻覆文立斬。縣衙裡的牢頭姓秦，外有捕頭、捕快，堂上有刑名師爺掌著，大牢裡則全憑秦牢頭一句話，各有各的勢力，一般而言不易互相侵犯。天底下的黑獄差不多都是慘不可睹的，冤死、屈死的恨事不盡然全出於堂審，人一入了大牢監押，除了縣令特為嚴令保存的重要人犯，其命與身可說全掌在獄吏手上。當然不會無事便把人弄死，或弄得一身破碎，殘了回去，不過真要確保此事無之，親友少不得得奉上足夠的孝敬，所以大牢也是銷金窟，「有理無錢莫進門」，這裡最少分潤了苦主贖命錢的三分之一。

秦牢頭卻是個異數，要說那黑牢裡暗無天日，受這陰潮苦氣的可不只囚犯，獄卒舉目所見皆慘，常感染了這股陰厲殘酷的幽氛，人也變得兇惡啦。秦頭兒向例不愛整弄人，從來不許獄卒無端把好好一個人所生養的軀體弄得破碎支離，只為了榨些銀錢。秦頭兒並非禁止僚屬們弄錢，事實上他自己也主張收錢，他知道，若是沒有這筆大伙兒指望著的公帳，絕帶不了大伙兒的心，暗裡弄死、弄殘囚犯的小手法多得很，人家肯服你秦牢頭，可不全仗著聲望與交情，這個秦頭兒太清楚了。以故，縣大牢裡不常出現出格的慘事，甚至一些明明冤屈的可憐蟲，多少也受了秦頭兒的照拂。知秦牢頭的人不為多，牢頭嘛，還能是什麼好貨色？這也就獨有受惠的苦主親朋心知了。

話雖如此，那些年秦頭兒卻專愛整肅革命黨人，有被押關進來的，差不多都被他弄死。雖然他們最後不死也將問斬。秦頭兒的整人法子很絕，不但不傷肉見血，也不搞毒藥鴆死，他餓革命黨人，幾天不給飯，然後給一碗稀米湯，再幾天不給飯，然後餵稀湯，如此一輪一輪折磨著，秦頭兒謂之「養餓」。牢子由於長年整人，對人的生命力判斷自有一套準確的心法，把人整到瀕死不死、控制生死是他們獨有的本事，論起這眼光，有時比名醫還準驗。「養餓」

不拘幾輪，秦頭兒看革命黨人快撐不住了，就給一頓肥雞、牛肉、大饅頭，儘吃，鮮有不撐死的。仵作一驗，除了撐死也找不出任何毛病，好手好腳，沒有內傷，沒有毒物，很難說是被殺，罪責怎麼也無法扣到獄吏身上。

在革命黨人間，秦牢頭得到的風評很多樣，有的說他剝奪了黨人轟轟烈烈做個斷頭義士的機會，有的認為他為黨人、家屬們留個全屍，有的說捱那一刀畢竟是恐怖痛楚的，有的人卻說秦頭兒只是無事多事。只有一點，大家伙兒都領秦頭兒情，就是人都好身好骨，連個鞭痕、淤青也無，這在遜清末亡時代，的確是扛了被疑為黨人的大風險。所以也有人認定秦頭兒根本是在黨，但誰也不知究竟了。

潛能

古豔秋是心靈大師，妹夫陳國春是通臂拳大師，兩人碰在一塊總不對盤，差不多都是粗脖紅臉收場。

「什麼心靈大師？不就是裝神弄鬼嗎？」

「你個臭打拳的懂什麼心靈？人是可以由心理暗示激發超越自己潛能的，懂不懂！你以為那些大老闆們花大錢請我都傻子啊？員工逼死了只有三分能耐，經我調教，倒能自信有十分能耐，最後竟能發揮五分能耐，夠瞧的吧？就你這臭打拳的，我都有辦法讓你相信自已能一拳打掛恐龍。信不信？嘿嘿。」

「哼，說到頭來還不就是裝神弄鬼、自欺欺人？哪像我們一拳一腿紮實打熬，能耐多少可都是實打包票，做不得假的。」

「是喲！不做假？那通臂是啥？一手變長、一手變短？那不是笑話嗎？」

「所以說你們這些搞騙術的就不懂啦，這通臂拳講究勁由背發，力透肩、肘，順溜滑到手指，妙處就在背、肩協調伸展，所以又叫通背拳。實打實作的人才懂，做假賣空的人是體會不到的。嘿嘿嘿。」

「哼啊，練死了不過一條牛。」

「你騙術宰得了牛？」

「宰不了，就是能嚇壞你，信不信？」

長期的積怨，兩人終於各拿真功夫對上了。古豔秋劃下的道是：「你敢不敢在我手上拿的這面鏡子前打一趟你的通牛拳？」「是通臂拳！我隨便打一趟吧，橫豎你也看不懂。」

結果，陳國春真的嚇死了，他以為他的左臂縮入肩窩，僅剩一掌掛在肩上，右臂卻足足伸長兩倍。法醫驗屍只說是心肌梗塞，自然死亡，在鏡子前打拳死掉可判不了誰的什麼罪。古豔秋沒料到搞成這了局，也很後悔，只好盡力安撫妹妹。

結果，妹妹拿起一面鏡子正對古豔秋，古豔秋也嚇死了，心肌梗塞。「確實是自然死亡，不過還是很像心口被狠狠重擊過。」法醫捏著拳頭比在心口前解說著。

求子

這是她下的第十六個蛋了，她雖然已經有點麻木，但也幾乎算是徹底瘋了。這一年來，她一定是患了極度嚴重的自閉症、憂鬱症，工作也是一年前就辭了。為了不讓丈夫懷疑，丈夫在家的時間她差不多全硬壓著自己的瘋症，過著彷彿自閉症該有的正常生活。絕不可以讓他知道，她已經變成一個妖怪。

她繼續配合他作愛，可是仍然嚴拒幫他生孩子，她原本討厭生孩子，自從身體有了這樣極度恐怖的變化後，她是絕對害怕生孩子了，會生出什麼東西呢？有一次，丈夫甚至恨恨地說：「看你能撐到幾時！」當時他要是聽懂了他的話就好了。

月事總是來得很準時，現在，這個可怕的日子依舊月月準時來到。一年多以前，月事要來的前一天，她已經鋪好墊子預備著了，身體很清楚。晚上睡得人事不知，醒來時都第二天中午了，丈夫起床上班都沒吵醒她，這真沒發生過。下體比往常更難受得多，好像鼓漲著什麼東西，是非常恐怖的感覺，趕緊到洗手間，拉下內褲，差點直接昏倒。一顆蛋！沾著血的一顆蛋，蛋尖還留下一些些在她的下體內。她嚇哭了，抓起一把厚厚衛生紙把蛋包起，抖著手捏碎丟馬桶，沖了好幾次才沖掉。她哭了一整天，全身發抖了一整天。第二次月事，一樣，在昏迷中下蛋，她崩潰了，什麼都不敢講，也完全不敢看醫生，工作也就辭了。每天竭盡精力要做的事就是不讓丈夫發現，然而她一天天瘦了。

到了第五顆蛋，她完全麻木地懷著只有不斷增加的恐懼開始試著孵這顆蛋，並心裡準備著將面對任何不可知的怪物。但並沒有孵出來，變成了個臭蛋。於是，一直到今天所下的第十六顆蛋，她都冷血地、冷靜地捏爆處理掉了。

晚上丈夫回來後，說要離婚，坦承外遇，並有了孩子。丈夫說，只要離婚，要多少錢儘管開口，就要他一半財產也沒關係。她倒沒說什麼，直接簽了離婚協議書，她想：「這樣，我活著的地獄起碼還安靜多了。」

不過她並沒有成為妖怪，離婚之後也沒再下過蛋了。還有，月事之前也不再昏迷。

遺孽

張紫應真人像是個旁支散人，閒常也不作道扮，自在山上台地闢個寮舍，種種幾畝菜地。地可不是他的，是河川公有地，雖說距溪流猶遠，但還是屬於水利地。沒妨的，紫應畸零的幾個小小菜圃都不礙著水土地貌。

忽一天，心血潮湧，就起了個課，竟是人地大凶。紫應大概料到了什麼狀況，開始在這一片秀麗風光的河川地上佈下九斗大陣。不久，果有測量人員頻頻入山，但幾批來了，幾批去了，任何工作都無法成事，甚至原因不明。於是國防部次長龍紫生輕車簡從上山來了。

張紫應背負著手看著龍紫生上山，並遣開了隨從。「孽障！我就知道是你。我說河川地向例不可開發，果然是你搗鬼。」「師兄……。」紫應斷喝：「你眼裡還有師兄？」「師兄，在您面前我這道脈掌教的威風可擺不出來，小弟是來找您情商的。」「哼，你一個高官跟小民講話可不用這麼低聲下氣。」

「師兄，算我求您好嗎？我多少年來的身家都押在這一案了，您可不能整我冤枉啊。」「我不跟你說違不違法的事，這塊河灘地可不許你動，這一脈氣鏟破，可有多少人該遭劫？別跟我說你不知道，畢竟你道力還行，貴為掌教。」龍紫生一再懇求，紫應只是不允：「不用求我，破了九斗大陣，你愛把地皮整個連翻三回我都管不了。」

師兄弟倆彼此斤兩是都明白的，紫生破不了九斗大陣。這下發狠了，掏出一面腰牌：「師兄，掌教令符在此，小弟回去拿令符起個壇，上告列祖說您不遵令符號令，會是什麼下場？」「也就是我遭五雷轟頂罷了，你狠得下心就做去吧。我一死，九斗大陣也土解了。」

二天上，紫應又起了個課，眼淚卻滴下來了，哽咽道：「這孽畜還真下得了手……。」紫生弄不清楚紫應為何仍好好活著，這是一生道術絕無僅有的失效啊。

過了兩年，軍中演練大型南北師對抗，這塊久荒的河川地就臨時劃為砲擊測驗陣地。演習半年前軍方會同山林警早把張紫應攆走了。密集的砲射之下，這塊國家檔案中列為「不明地帶」的最高機密禁區，整個浴了一次火。九斗大陣也硝煙毀去。只等演習完畢便可正式開發。

這半年間，張紫應常常拿著腰牌獨自落淚：「紫生啊，你這孽障可被師父料得準準不錯，說你梟獍之心，如不付衣缽，必成邪徒，如付法脈，更不可制。就是要劈滅了你下不了手啊，這清理門戶的擔子硬壓上我，我卻又狠得下手？當初我傳了個假令符給你，望你能一世安心，其實……我又何嘗不知是畫餅？」

其後，張紫應不知所終，龍紫生也並未五雷轟頂，反倒叱吒風雲一生。而這一方地界，地震、土石流，從此天災頻仍。

考語

流浪漢也不是多壞的人，但這一生以來，他所做的事就只是到處嚇唬小孩，弄些小孩兒的零用小錢。他長得太高大了，身骨也很稱頭，雖說是長年營養不良，直起身來還真能鎮住無拳無勇的一般男女，雖也不是太高，也足有一百八十公分。流浪漢的身架子這麼體面，到哪裡坐乞都是無人聞問的，多半認為他懶惰不作，放著大好身板兒貪閒。實則流浪漢天生患有血虛之症，根本無法操勞，偏生細巧的活兒又幹不來，但這向誰說去？他也不明白自己怎麼啥都幹不動，父母死時，他還國小沒畢業呢，因生得粗蠢，也沒人收養。一回，在學校裡聽說老師要聯絡社會局，他就逃跑了。其實他現在都五十多歲了，也還沒弄清楚社會局是什麼，猜想是叫警察來抓他吧！但為啥要叫警察抓他？他可沒想過這問題。甚至連自己躲過兵役，早已是失蹤人口的事兒，他也全無知覺。

流浪漢破破爛爛，鄉啊市啊鎮啊，也不知走過多少地頭了，憑他這樣也乞不到什麼，他再笨，久了也知曉這情況。便常常尋著玩耍的小孩兒賭小錢，比如說「報錢」，有不少名堂，例如一種定距擲銅板的賭戲，輪流擲一把三個或五個銅板，因技巧擲出利於自己的花樣，下家便以上家擲出的銅板為目標，以此賭錢。流浪漢雖然一生廢人，「報錢」倒是高手，都可以說是所向皆捷的了。另外他身上常揹著一袋彈珠，他也便宜賣彈珠給小孩兒，當然是比任何小店都便宜的價碼。他的彈珠怎麼來的？當然是賭戲贏來的，彈彈珠也有各種遊戲，流浪漢雖也樣樣精通，算得是高手，但好笑的是他所贏來的彈珠多半不靠他的神技。怎麼回事呢？

流浪漢幼時，在父母未死之前的幼時，那回爬樹摔跌了，硬讓一椏樹的斷枝插去了一隻眼。修理不得，只好給安個假眼。流浪漢流浪之後，每蹲身俯首與小孩兒戰彈珠，那動作憋得過久，假眼珠便噗咚自己跳掉了出來。沒一次不是小孩兒嚇得嘎嘎亂叫，一哄而散。初時流浪漢還傻傻等著小孩兒們回來再戰呢，久了他也知道那就是撿拾逃敵戰利品的時刻啦。

流浪漢終於老了，死在人家的騎樓下，他到底是誰？連叫什麼名兒也沒人知道，況或許連他自己也早忘了吧？但要說他一生，以天地為家，自食其力，不偷不搶，憑技維生，到底也算是一條漢子。

月亮一毛六便士

那年頭紙鈔最小的面額是五角，以上是一元、十元、五十元，最大面額一百元叫「大鈔」、「百元大鈔」。銅板最大的是五元，以下有一元、五角，都還有些銅味，最小的錢幣是一角，小小的，很輕質的鎳幣。元又稱塊，一角俗稱一毛，五角就是五毛，當時的童謠還有「要五毛給一塊」的句子。

二毛三、四歲時住南部爺爺家，公家宿舍的小院子裡兩家人，全都是大人了，整個白天只有二毛關在那小院子裡。有幾隻貓，永遠不理二毛，二毛賴近貓邊撫摸貓咪，貓咪就打他。晚上二毛跟幾個叔叔睡通舖，小叔叔會講一些不成片段的拙劣鬼故事以嚇唬二毛為樂。這也不好怪小叔叔，小叔叔讀了中學，也只是個不曉事的頑皮大孩子而已。認真回想起來，那些「故事」根本還沒資格稱作「故事」，也沒真多恐怖，現在還可以復述出完整的內容呢：「一條腿……一隻手……一顆眼睛……一顆頭。」真不誇張，這就是小叔叔完整版的鬼故事，也許是因為顯出了整個世界的貧乏，所以恐怖吧。二毛會夜哭，自己並不知道，只常聽叔叔們抱怨二毛昨夜哭了很久。二毛也不記得做什麼惡夢，相反的，二毛所記得的夢很甜美。白天裡不理二毛的那貓咪，變成一個老爺爺，貓型的老爺爺，他說：「二毛啊，你一個人麼？別怕，我會陪你的。」二毛呆呆的不知道要說話，只是偎著老貓。老貓指著天上亮恍恍的月亮說：「你怪我常常不見？來，這給你，給你長大大富貴。」一回頭向二毛遞過三枚硬幣。二毛當時還不知道錢幣的作用，只當個喀叻叻的玩具放在鼓闔的雙掌間搖晃，二毛那時其他任何玩具什麼也沒有。但是後來白天，及其他夜晚，貓爺爺都沒再出現過。二毛白天獨自在小院裡奔跑、跳走，口袋裡喀叻叻的聲音並不響，但二毛很迷戀這聲音，與口袋墜墜的感覺。

二毛堅信著長大大富貴地跌跌撞撞長大，當然沒有真的大富貴，還差十萬九千里呢。可是許多月亮亮圓的時候，二毛常常會想起貓爺爺在他那段死寂日子照拂他的那一夜，並不怪貓爺爺騙他。三枚硬幣早就不見了，但二毛日後回想，那是兩枚一角錢幣，也就是二毛，與一枚外國錢幣。

基因

當然，雖然時代進步到滿舌頭跑火車，機械、電子、生物、心理……種種可言說與難可言說的各種科技都到了頂端，有人說沒有所謂頂端，一切都還可能再進步。我不反駁這種話，但那個時代的科技啊，做出一個「仿人」，結合各項技術，跟舊時代所稱的機械人觀念不知又遠遠超越多少了，這樣說吧，造出一個「假的真人」，憑人類粗糙的感官是無法分辨其真假的。這種科技，再進一步，就只能說是「完控一個基因無缺陷的真人」這種類似古代法術、魔法、神力等，可以說還稍微勝過那時科技，但在人類感官範圍內，仿人既有所有真人的優點，卻可控制真人必有的缺點，到底勝不勝神的造物，可也難說得很。

這種仿人有什麼用途？既然一切造得像真人。聰明的人類當然會先想好防範這種優秀的仿人的奪權危機，因此仿人出廠，儘管有各種才能，卻都精密設定成只有極有限權力慾的性格。那麼，到底多了這些仿人有什麼作用？

我來告訴你，仿人的製造雖然不成問題，畢竟還是很昂貴的，且為了正常的社會運作，仿人的數量也在管制之中，它被生產的主要目的就是接受申購成為貴族、富人成年後的戀人。那年頭，窮人才互相談戀愛、交換基因，仿人是最具品質的戀人，是完美的性愛機器，具備古來優秀男女才人的好氣質。當然，人類在心理上是不能克服「與實實在在真人談戀愛、生活」的不變渴望，所以成長的貴族在父輩的安排下，都會自行巧遇「完美戀人」，墜入愛河，性情再怪癖的貴族，在連番「巧遇完美戀人」的「命運」下，終能一生永浴愛河。例外的不是沒有，但極少。至於傳宗接代，精、卵大半是家族提供優良因子，不論男女仿人都有處理懷孕的機能。

這樣，一直到了貴族繼承家業多年，漸漸能夠多少與聞國政事務，也許會發覺這個秘密，或年已老衰，貴族院亦會對之透露這些秘辛。大半的貴族情愛已息，會接受實況，開始為子女申購仿人。當然也有知悉實情而大受打擊的，雖然為了家族存活，不能宣揚這種被欺一世的忿怒，但會放任子女自去與平民戀愛、爭吵、嫉妒、傷害、玩弄、情殺、自殺、負心……，甚至罹患不名譽的性病，並認為這才是人類真福之所在。

所以，儘管文明、科技進步到完全不可思議之境，人類永遠不會徹底改變世界之必有的苦、痛、骯髒，與種種盜亂，除非人類死絕，人類基因點滴不存。

無禪

胡卓老來隱居在山上的一座小小別墅，環境非常清幽，山裡人很少，附近有一座小寺。

胡卓除了靜居，也常在山裡閑步，常到山寺走動，久了也就像是老鄰般，幾天不去逛逛、聊兩句瑣碎便覺無聊。胡卓雖覺老和尚癡癡顛顛，說不通話，倒最喜和他攀談，覺得這老僧有禪意。這老僧人稱「大叔」，據說是住持的俗家叔父，住持就稱他叔叔，大家都叫他大叔，胡卓問說這是不是他的法號，住持只說他什麼法號都不喜歡，大家叫他大叔，他倒應了。大叔只是言行怪異瘋顛，成天自個兒忙來忙去，全是些莫名其妙怪事，寺務上既不管，倒顯得頗不鬧事，由於輩份高，大家也並不理他什麼。

胡卓看著大叔從老遠的河邊挑了水來，危危戰戰地一路掙爬陡陂上來，水潑出了不少，喘嘘嘘地將兩個半桶水注入一座枯井。胡卓高興了，就問：「大叔法師，您這高深的修練，可否慈悲開示妙處？」大叔一瞪眼，說：「井裡幾個青蛙快乾死啦。」胡卓若有所思：「啊，養井底之蛙，是法非法，可見圓教所說顯實前的開權正是救溺拯枯的法施之恩啊。」這頭胡卓還在讚嘆不絕，渾浴法喜不退，那頭大叔開始搬磚頭了，胡卓還看不出端倪，橫豎隱居無事，就在那裡看著大叔東搬西挪那十幾塊磚頭一下午。胡卓說：「大叔法師，這回我可看懂了，您效那陶侃搬磚，鍛鍊心志，果是今之古人！」「什麼呀？我早想歇著了，卻怎麼搬擺都不對勁。」大叔說著還一邊雙掌猛拍禿腦門。胡卓奇道：「大叔法師，您是在擺什麼陣圖嗎？」大叔不理他，只是自語：「鼠洞有兩個，這邊疊這樣，牠倒從那邊出來怎麼好？黃貓逮耗子沒一次成的，那頭擋太高這笨貓又要摔倒，光給耗子笑話咧。」胡卓參不透這則公案，不由怔在當場玄思了起來。大叔還是沒理他：「哎哎咧，不管了不管了，黃貓再逮不了耗子慢慢瘦了身子就輕巧了。要說，灶間那素菜牠也不吃。」大叔大踏步走了。這下胡卓倒是開悟了：「是呀，法如饑餐，無有已時，耽靜則法器生鈍，果真六度萬行，萬行是真禪靜啊！看來我這隱居的自命清高並不高明。」

為更聞法要，胡卓趕忙追著大叔喊：「大叔法師！大叔法師……。」大叔翻過身來瞪著眼：「別喊啦！一勁兒胡喊什麼法師？叫我大叔得了！誰跟你說我出家的啊？」

誰有處女情結？

湯築陞與范汝若的確是因愛結合，築陞雖只是個平庸男人，卻愛汝若直爽的個性。結婚的時候朋友還打趣，有湯有飯，這輩子可好過了。

不過到了真的日日相對的日子之後，築陞原來最欣賞汝若的直爽，卻成了夫妻磨擦的主因。這當中的情況當然花巧多端，只能舉其最大者。築陞一次談起他自小原有處女情結，這輩子在愛上汝若之前，是非常堅定地非處女不娶，「可見我多麼的愛你」，這是築陞的結論。「所以說我是你一生的遺憾嘍？」這是汝若的結論。要說築陞真是個笨蛋，飯可以亂吃，湯可以亂喝，頂多壞了肚子送醫也救得回來。話卻不可以亂講，愛情沒藥醫的，情人眼裡一揉進沙子就瞎了，誰管真實的狀況是如何？築陞很艱難地解釋著：「我不會說話，就說錯了你也別這麼氣啊。我那什麼處女情結遇到你之後我就知道錯了嘛。寶貝乖啊，哥哥只愛你一個。」汝若說：「小時候開始的願望是不會消的。」築陞說：「會啊會啊，像我小時候多麼喜歡鋼彈機械人啊，盼了一整個童年、一整個少年時期，一直都沒錢買。長大後工作，沒半年就買它一整套了。一萬六哪！只是，現在雖說花得起這錢了，也只是圓一圓童年時的傻夢想嘛，你說，我現在真還喜歡鋼彈嗎？擺那兒多年了，生灰塵我都不管。」笨透了，汝若乾脆不說話，把築陞踢出房睡客廳。

過了幾天，汝若笑咪咪地遞過一張卡片跟築陞說：「你看！我的新身分證，我改名了。」築陞一看，眼珠子差點沒蹦出來，那不是寫的「范處女」嗎？築陞你眼睛再揉也沒用，不會錯的。汝若，不，處女說：「這樣，你的太太一輩子都是處女，你的夢就圓了，對吧？」築陞終於生氣了：「我不是承認處女情結是不對的了嗎？你有必要這樣嗎？你不相信我放棄了處女情結了是不是？」「你說你不再喜歡鋼彈了，那不是還好好擺著嗎？你把鋼彈砸了我就信你。」

處女處罰築陞過去的處女情結，終於引爆了夫妻往後的日日爭吵，最後，築陞遞出離婚協議書，冷冷說：「反正你是處女，我們的婚姻就當沒有發生過好了。」

用典

胡公毅與祈名山一生知交，雖說是一貧一富，情誼倒是很脫俗的，難得的是癖好還一樣。例如一次，胡公毅到祈府看名山，甩著膀子就去，本來嘛，常常走動的老交情還鬧什麼虛文？但胡公毅還真有禮，口袋一掏，捏出了一莖羽毛，還裝模做樣兩手高捧著獻給祈名山。祈名山愣了，但也才一瞬，卻失笑了，忙叫他的女兒：「小鸞啊，快來快來，你胡伯伯獻寶來啦。」小鸞走到跟前瞧了半天：「這……什麼寶物？實在看不出來……。」公毅與名山倆爆笑開來，名山把羽毛放到酒櫃裡，笑說：「好嘛，千里送鵝毛，情意可重得很哪！」小鸞奇道：「真是鵝毛？」胡公毅笑說：「是鵝毛，菜市場裡沒有殺鵝的攤子，我特地趁爬山時到鄉下人家去弄來的。」小鸞實在搞不懂他的爸爸跟胡伯伯這對怪人，倒是胡伯伯的兒子胡克柔跟她談得來，兩位老人家平日言行雖然正常，卻是不時搞出一些奇奇怪怪的花樣，令人不解。

過了幾天，胡公毅又來，一見祈名山就口吟：「折梅逢驛使，寄與隴頭人，江南無所有，聊贈一枝春。哈哈哈，我家克柔啊，我逼死他也猜不出來，就是直播頭。」「唉，呵呵，現在的年輕人都這樣，古書不讀，簡單的典故也不通，還真沒一個我能瞧上眼的呢。」「我說祈老，你這招風雅是極風雅，就是還帶些銅味兒。」「不就是一枝梅花嗎？哈哈。」「那還訂製個水晶櫃子裝呢，寶氣衝天的，怎麼說江南無所有呢？哈哈，況你這兒長安東路，我那兒萬華，同個城市，手持梅枝一趟車悠晃悠晃著也就到了，這不更顯得雅致、瀟灑？幹啥還寄包裹呢？」「那……要有驛使啊。我只可惜你那不是隴頭，我這也不在江南。再說，你那鵝毛可也沒真千里啊，想想總是勁頭不夠，微覺遺憾。」胡公毅只好拍拍簡直有點失落的祈名山說：「別著，祈老，風雅不過就是講究那麼一點點意思，你太頂真就跟自己過不去了。」兩人交往多類此。

後來兩個好朋友卻鬧翻了，原來是克柔跟小鸞小倆口子談戀愛，祈名山硬是不許，末後是胡公毅給出主意讓他們自去公證結婚。這就祈名山跟女兒、老友都決裂了，克柔那小子，他更痛恨。克柔這小子雖也是好青年，卻克不了名山這倔硬老頭子，小倆口不願小鸞的老父傷心，只好又問計於鬼點子胡公毅。

公毅說：「這也不是了局，仙有仙著，鬼有鬼道，要投其所好，咱們擺個壇收妖吧。」

於是小夫妻倆在新府對門斥資開了一家夜店，小鸞穿得賽車女郎似的當起了酒促小姐，克柔呢？不重要，也在店裡就是了。果然，這一著硬是把額頭彷彿長角的祈名山收伏了，他唯一不滿意，且到死還叨叨唸唸的，就是：「要小鸞先嫁一回也許是過份了，但克柔也不會撫琴，倆人這樣就在一起總嫌是草率了……。」

不識

三個老人家，在十五人席的冷麗包廂裡喝著悶酒，什麼都沉甸甸的。終於，穿西裝的老者開口了：「都十點了，能來的、會來的，我看就剩咱們三人了。」穿短袖襯衫的老人說：「沒錯，二十年前的同學會還到得快二十人呢。但現在看看我們，都快七十歲了，知道還沒走的，兩支手定然數得完。要說，我看除了我們三人，會不會都病在床上了啊？」西裝老者說：「要說病在床上，也該算我一個。不瞞你們說，我也是快除名的人了，這會兒是我央醫生特別給我用藥，一定要來跟你們這些老同學道別。天下沒有不散的筵席，等等咱們散了，出了這門，也不知道……，或許也都不能再見了。」襯衫老者陪他垂淚：「育生……，不道你這一向沒把同學們瞧在眼裡的傢伙，原來這麼重情。我也實說了，我……現在也在做化療，醫生說開不得刀了。」

「同學啊，我說胡毛同學，人之將死……，唉，你也不必為我開脫了。我王育生自小心比天高，一向沒把誰看在眼裡，同學們就更別說了，這輩子我也沒正眼瞧過哪個同學，你們受的委屈，我……都知道。人之將死啊，誰知道人之將死，你們這些和我沒有利害關係，久久見一次面，彼此還回去各過各的生活的故人，反倒是我最能安心相見，最想見的……。」襯衫老者胡茂才日子過得一向不錯，但離跟王育生這種財大勢大的聞人攀談，平日他也沒這膽、沒這胃口、沒這妄想。今天倒像是訣別酒，兩個一生不熟的老同學竟都沉浸在癡迷的年少友愛中。「再乾一杯吧，藥醫不死病嘛，那群庸醫我是死心看扁了。」育生抖著手擎起了酒杯。

胡茂才像是想到了什麼，忙對一旁穿著有「××黨×××敬贈」字樣polo衫的老者說：「呃……，林莊同學，你怎麼儘不說話？也跟我們喝一杯吧。」林莊笑笑舉起酒杯，王育生醉得舌頭都大了，說：「這，也咱們同學啊？咱們一向少見，乾了……。」林莊還是笑笑，把酒喝了。胡茂才卻說：「育生，你別說你不認得他，高中整三年他都坐你旁邊，值日生你都逃掉，每回你都硬託他代你的工作啊。他雖沒有答應過，事情卻每回都替你做好了。」

王育生極為難得的臉紅了，但也許是酒力發了，可卻又像一下清醒過來，忙拉過胡茂才低聲悄悄問：「那……，你說他叫啥？我怎麼數十年來不知道有這同學？」

論藝術之艱難

大畫家符中武唯一的兒子，與兒媳婦都是他的學生，這一對姣好優美的身體是符中武心目中人體繪畫最重要的兩個模特兒。符中武只結過三次婚，加上沒有婚姻關係的幾個同居人，一生可說是親炙女體多矣，且還有那來來去去的女模、男模，真個是閱「人」無數了。

符中武雖然風流，名聲倒並不差，與女人的關係分分合合一向都開放而光明，沒有一絲卑下之處。符中武當然也和女模發生親蜜關係，但與他在一起過的女人，沒有一個有「想不到他是這種人」的想法，他就是這種人，這早都是公開的風格了。

有一件事，並非大家都知道，但也不少人知道，至少與符中武共事及決定將與符中武共事的人都一定知道，關於女體繪畫創作，符中武的藝術是與他自己的肉慾完全相融合的，一生中數十件被譽為傳世名作的人體繪畫之所以創作完成，都是經由誘姦該作品的模特兒而引釀成那最高藝術純粹的美酒。一生回顧，最好的女性人體畫作，竟沒有一件不是如此完成的。而他的男性人體畫作則充滿神聖，聞不出一絲肉慾，不屬於人間，甚至畫作上的人體樣貌也常與男模特兒不同。畫評家說他「在神的領域上描繪男身，在人的慾海中呈現女體」。

符中武名作很多，失敗的作品卻也不少，男身的作品很穩定，失敗作品中畫不出最高水準的都是女體。有時是他對某次的女模實在覺得興味索然，創作慾望低落；有時則是引姦女模不成，工作便無法好好完成。符中武誘姦女模甚至也會稍稍用強，但不太過份，有時便能抓住那女子們共同的，與該女子和他人不同的恐懼心絲，他當然不會就此停下來去作畫，而是用盡全身去細細品嚐這些遷流而細緻的情態變化，與每體不同的肉質與芬芳，最後，震動人心的畫作就會完成。也有那女子臨時實在不願的，符中武也會頹然作罷，他認為藝術當引發人的心身種種幽微感覺，藝術卻不應去傷人心身。

符中武六十五歲了，一生中最後的藝術創作難關卻還沒越過，儘管他神聖無垢的男體藝術與慾滿人間的女體藝術都是必入美術史的珍寶，但這兩者合璧的創作，卻從來沒成功過，然而這卻是他整個後半生最為用力研究的課題了。

老畫家的藝術生命日漸深沉且精純，這幾年間，對於這個一生藝術的最後難關也自覺有把握應付了，但得用盡全力、燃燒掉自我全付的生命力。心目中最理想而不可取代的男、女模特兒也出現了，但他不知道該讚美造物，還是咒罵上蒼。今晚，他是必須跟他的兒子、兒媳婦懇切一談了，他悲傷地這樣想。

俠者

鐵菩薩呂雲奇和笑無常周玉最為知交，江湖道上他們是老搭檔，幾次聯手除兇都合作愉快，仁俠武功彼此欽敬。只不過在名望上呂雲奇是聲動南北的大俠，周玉卻只是個人人提到切齒的怪傑，並不怎麼受人景仰，這只看他「笑無常」的萬兒便能略曉一二啦。不識周玉之先，呂雲奇不免也對他有著如江湖傳言的誤解，所以二人並非一見如故，周玉倒很坦然，對呂雲奇總保持著應有的尊重。久來，呂雲奇終於對周玉有了深刻的了解，周玉慣常在應酬場面上或遇到歹徒時總是表現得兇惡難纏而陰險，人緣奇差，但雲奇與之相識十年，共歷了多少凶危，雲奇發現周玉竟不曾殺死傷一人，這樣鐵的事實雲奇看多了，江湖道上卻從未有人提過笑無常不殺人這事。也許是周玉一向表現得態度太陰狠了，誰也不覺得周玉算是個好人。再加上周玉除了常跟雲奇過從，一年到頭出現在江湖上總沒幾次，倏來倏往，也許跟雲奇盤桓幾天，卻並不多與人相談。

連雲奇也不知他底細，道上除了地方豪霸，江湖上走走的各色人等，頂多表表門派、師承、在幫，無事誰也不會去過問彼此根底，在外幹事，誰都不願連累了鄉里親友，這也是江湖規矩了。

大家都厭憎周玉，除了因為他的冷淡，也因為他的確難纏，江湖上都不傳他武功多高，也許也沒什麼高，但不論巨兇或小孽，一旦他伸手管事，那就算是遇到陰間來的無常啦。幾個頗富盛名的壞劍客、黑道兇頑經他一整，武功都廢掉啦，但擺擺架式還可以，因為周玉並不弄殘他們。可幾個被整的苦主一提起周玉，真恨不能寢其皮啖其肉，這不光是廢去功力的大仇，周玉的手法很可惡，纏定了對手，不休不息地搔人癢，一來沒人有他的耐性，二來他身段滑溜打不著，三來他的輕功可怖絕逃不了。也不知他使得什麼暗勁，一連數天在人身上到處搔癢之後，一身功力就廢了，那種令人不食不睡的苦刑，那種令人癢笑不止的缺德，為周玉贏得了笑無常的醜名，真的，那絕不是美名。有幾次，仇家佈陣陷住了周玉，周玉還是堅持只要癢人而不殺傷人，只是天幸在幾已不得自保時，總是鐵菩薩仗劍衝入救人。江湖上遂嫌這笑無常鄙惡，慣與呂雲奇結伴，不過找個保護人。只有雲奇心中深知不是，長久以來，他仔細觀察過周玉的武功，心裡明白周玉功力只在他之上，若要開殺戒，隨手皆可致人死殘。

「玉老哥，別人不懂，我還不明白嗎？你情願自死也不傷人，但面對那些匪寇，值得嗎？」

周玉終於被圍殺死了，還剩奄奄一口氣，雲奇趕到了。「雲奇兄……不，少爺……，把我火化了帶回家吧。我是二呆啊。」原來是呂家自小與雲奇玩在一起的奴僕家生子周二呆！「二呆，你……竟也練成了這麼高的武功……。」「少爺，事到如今我也不能相瞞啦，您十七歲時出門行俠，老爺說您功夫雖才兩三成，胸中一股正氣倒是凜然，只望您受些挫折回家苦練，哪曉得您俠名日盛，未逢百招之敵。……化了幾年造就我，就……要在您身邊讓您少造殺孽。也虧得您尊重我，我動過的人您絕不再殺傷。」雲奇垂淚道：「你怎麼都不告訴我？」「二呆不願高過您哪，二呆只是個呆子，說不出口。……望您每年些時回家練練功吧，少爺，我……可以安心閉眼了……。」

論味

李老頭是個純善的人，雖然出息不大，只能行些小善舉，倒是長久不輟的。他開個便當店，口味一般，生意平平，但每天規定自己不管生意多好，至少要勻下十個新鮮便當，晚餐時間一忙完，就提著便當出門分送給附近遊民。而且，生意也常常不算好，有時一天送出四、五十個便當呢。那些遊民街友常說他的便當好吃、飽足，如果不是一天只盼這麼一餐餓慘了，就是感謝成份的客氣話，要不，就是不知味。本來嘛，不然李老頭的便當店怎麼就生意清淡？而這些街友得了他的勸，也不太擾人，鄰里都愛戴李老頭。

有一陣子，應該是個新到的年輕街友吧，吃了李老頭的便當後，竟然到他店門口找李老頭出來，硬是把李老頭的便當烹調、佐配結實地批評一頓。好在是態度和善，李老頭也有容人之量，雖然心中不快，卻也一笑置之。但此事竟一再發生，偏這年輕人總是態度認真而誠懇，李老頭這大好人也只得苦笑。久了，李老頭平心想想，那年輕人嘴刁，話倒不是十分無理，慢慢李老頭也稍微照方改進，居然生意大有起色。李老頭尋思：「莫要是哪裡的大廚遊戲風塵跟我開玩笑吧？不對不對，他這點兒年紀，能是大廚？」

李老頭遂敦請年輕人來當店夥，算是禮聘。年輕人名叫古根，實在是沒學過廚藝的，但一入店裡倒真是認真學起了烹飪，不但嘴精手巧，腦筋好又肯研究，不到半年，居然手下就足以擔當李老頭的老師而無愧。

李老頭死後古根繼承了便當店，事業發展快速，憑著苦學自悟的心得參加廚藝大賽屢獲獎項，又開了兩家餐廳，儼然一代名廚了。但古根不忘本，便當店照樣經營，每天十個便當照送不誤。

後來古根老了，便當店早交給兒子管理，並以此訓練兒子廚藝。古根已是半退休狀態，得空便會到便當店裡看看，兒子在古根嚴格的指導下，從便當店所採用不宜高檔的食材上要去磨練、展現驚人的精緻廚藝，這便當店已成為了餐飲界著名的平價美食聖殿了。

有一日，晚餐之後，舊事重演了。這個年輕遊民在便當店門外把老當家的找出來好好批評了一頓這著名的便當，古根的感受很奇怪難言，這年輕人真像多年前的自己啊！可是李老頭的確沒有料理天份，我古根可是餐飲界不世出的天才、大佬啊！你聽聽這街友年輕人怎麼說：「肉不是上肉，只有雜碎的煮法才會好吃，這我小時候奶奶說的，我覺得有理。這刀工又算什麼呢？擺弄得看不出是什麼了，肉不肉、菜不菜的，不成個樣子嘛，吃進嘴裡是還好，就是不夠勁，沒有撕咬、雜拌來得香口滿足。」

古根這才驚覺，勾起久遠自己不曾在意過的記憶。這輩子入行之後，無人不盛讚古根的廚藝，只除了那群街友，從李老頭的平庸便當改吃了他的精工便當之後，街友們一向只是含笑感謝，還沒曾聽過一個開口稱讚這超凡便當的，一個都沒有過。

誰比較倒楣？

床靠著牆，這半年來蘇博躺在床上，常聽到隔壁的情侶大聲爭吵、大聲做愛。對於前者，蘇博覺得很煩；後者，一開始倒是很有興趣。因為蘇博是個沒女朋友的宅男，在學校旁學生公寓租來的小套房差不多只是回來睡覺而已，研究生每天泡的是實驗室，回了住處，也差不多都累癱了。頂多就是看看A片，自己解決一下，就洗澡睡了。

半年前開始，不怎麼看A片了，反正隔壁情侶不是爭吵，就是做愛。就是爭吵完了，也還是做愛。每次爭吵，蘇博就在心中大聲抱怨，非常急躁。「快點啊！還吵什麼？推倒她啊！」要不就是「妳管他罵妳什麼？妳把他褲子剝了，頭靠過去，不就什麼事都沒了？」蘇博真的好累，他只想快點解決，趕快睡覺。

沒多久，蘇博終於看到了兩人面目，進出總會看到。男的很普通，外型還比不上蘇博，女的臉旦不算惡，卻也不美，就是身材非常有致。蘇博的評語是：「夠用了。甚至很好用。」從此蘇博聽著實況播出，腦海中祭起的形貌就明確多了。

不過蘇博平時真的很累，長久的積勞，每天解決也有點吃不消。沒過很久，兩個多月吧，蘇博和隔壁情侶的蜜月期算是過去了，嗯，說不定還跨過了更年期。總之，那種大聲嗯嗯哎哎再也比不上能馬上睡覺重要了。研究所裡唯一的正妹平常他是搭不上話的，那天正妹卻主動對他說了這輩子唯一對他說的一句話：「嚇！蘇童！你眼圈黑成這樣，都熬夜讀書吽？」蘇博反應不過來，心裡還想著，蘇童不是寫小說的嗎？來不及答話，香風就遠飄去了。

正妹顯靈了，蘇博更對隔壁平庸女的邪聲淫語難以忍受，都遇到正妹了啊，俗話說一正避三邪嘛。所以正妹顯靈之後，蘇博決定脫離這個淫靡沉淪的環境，重過新生活。

搬了家之後，蘇博這半年多來第一次得到好眠，也沒有自我解決。沒想到，第二天夜裡又聽到熟悉的爭吵、叫床聲。早上，極度不悅的蘇博出門準備去學校，竟看到那對情侶！沒有錯，就是那對情侶，正牽著摩托車準備出門呢。心中一路喊著「倒楣」，蘇博從一片擠滿的腳踏車、機車中挪移著身體穿越，一直到走出了騎樓，那對情侶小聲的交談卻都聽在耳裡了：「Oh, My God！他怎麼也搬來這裡啊？我們有這麼倒楣嗎？啊？你認不出他？就是……我們在做的時候每次都在隔壁一直大聲學豬叫的那個人啊……。」

絶釀

小賣舖裡沒有什麼貨色，就是行路上常備的消耗品雜七雜八備了一些，起碼煙絲、火絨、菜油等是還有，再就是牆腳幾袋麵粉、雜糧。要吃食，熱湯是有，還有小老兒趕的雜麵條，外帶一些花生、蠶豆、醃菜，葷腥可就備不起了。逢上客人不甚趕道，願等，還可烙上幾斤餅子給當乾糧。自釀的小葉子酒、李子酒，灌滿，風沙道上暈糊糊的，也就不顯得陰寒啦。打個尖，帶飽、帶暈，也花不了幾文。

這道上雖然總有行人，小賣舖卻顯得很荒僻，四野望去就這麼一座頹敗的孤寒小木屋，門簷盪著一片灰藍已看不出字跡的小布招。走這道的人們雖都熟知這小賣舖，這十多年來卻少有人在小賣舖停歇、吃食，或是買點小物，只除了必要灌滿幾葫蘆酒上道。再往前幾里地就是姚家集啦，即使不逢集期，那兒一家「姚家酒舖」總是開著的，姚家酒舖裡什麼都有，論價也不多要，主要是姚義姚大爺在集上買賣一連幾開間，煙館、賭坊，外帶姑娘院子都有。姚大爺邪錢撐飽了，正經錢就不怎麼看得上眼。唯一正經的生意就是酒舖，姚大爺可不靠這個生發，還發下豪語：「姚某既在地方上稱得爺字輩，不照應照應鄉親與走道的江湖人，就說不過去啦。」因此上，除非是窮得見底的落魄行路人，誰也願意再趕上幾里路，上姚家酒舖消停消停佈菜吃肉灌辣湯，勝過那小賣舖沒淡沒味的雜麵條。論花，是多了些，可比道上哪處打尖都上算。

就有一點，姚家酒舖的酒賣得不怎麼好，頭裡二回走這道上的，到姚家酒舖還敞著喝，但大夥一見此便知是生客。稍熟這道路的行人或本地鄉親，誰不知道幾里地外小賣舖姚老爹的酒才是絕釀？就是銀錢多要些，也該打姚老爹的酒，何況小賣舖論酒要的錢還真是小錢呢。可惜姚老爹身老力衰，每年的自釀也不太多，又不肯多給，又不接受富戶的定貨，姚家酒舖的酒這才多少也賣得出去。姚義為此多年來總不順氣，當然不是為了生意，錢不是有得是？貼錢都無妨，就是貼不起這張面皮。

姚爺與姚老爹的這宗糾葛，雖是集上頗有些老人家知道底細，並不敢多言。卻是沒人知道，這幾年來，總有三、兩次，姚爺趁黑裡什麼人都不帶，獨自摸上小賣舖：「我說爹，您也別倔啦，身板都快散啦，來我那兒享兩天清福不好？幾個丫頭伺候著，啥事也別忙啦。看這破倒的屋子喲！」「畜牲！沒這破倒的歪房還養不大你呢。你別怕我揭你的臉，我沒臉認你這兒子，絕不會損你姚大爺的臉面。」「爹，您這何苦……。」「哼！我說姚大爺您就省省吧，還不就是圖我那幾張酒方子？早年你還小時要你學著釀酒，你怎麼啦？嫌寒酸，跑去混世拉幫當股匪去，扛著黑心錢回鄉稱大爺，我有臉跟人說這是我兒子？你怎麼不給官裡捉去一槍打掉？我打死你……。」每回姚義都被他爹這樣掄扁擔揍走。

小賊

「毛子，又在偷腳踏車！你怎麼這麼沒出息啊。」毛子就怕他哥，縮著頭轉過身。他哥高大極了，提著瘦弱毛子的後領，真像拎一隻雞：「回去給爸好好教訓你一頓，看你還敢這樣沒出息！」毛子都要哭啦：「哥，別啊，哥，別跟爸講，我……什麼都依你。」

他哥把毛子放站在公園的石凳上，哥倆就平齊地臉對著臉，他哥的語調多麼語重心長：「毛子你這樣不行的，偷腳踏車、偷人家店外招牌去賣廢鐵，能得著多少錢？很容易被逮的，落了案底，你一輩子都被當小賊看。」毛子不敢回話，他哥又說：「你這是在鬧笑話，敗壞門風。我們家很窮嗎？我和爸在公司裡都是重要幹部，家裡住的是獨棟豪宅，出門有司機，辦事有跟班。你是我的弟弟，卻在幹偷腳踏車的小賊？」毛子嚅囁說：「家裡……，我……不是那塊料。」他哥又說：「所以你就逃家？你逃得了？你也知道爸的手段，不跟你囉嗦了，你自己決定，要跟爸還是跟我？跟我，絕不會讓你跟弟兄們出去收帳，就在辦公室裡待著好了。要繼續跟爸，我不說了，你也知道。」毛子知道反正逃不了，逃出家的這陣子，雖說不用眼見那些刑虐苦主逼債的血腥場面，但自己在外躲著，一個朋友也不敢連絡。當然毛子知道最後總是不免被逮回家，外頭日子也的確不好混，有一餐沒兩餐的，可，能拖就拖吧，就是到了現在，也只是拖不下去罷了，不認命行嗎？選他哥跟他爸，也不過是刀山跟油鍋之別，既給鬼卒叉上了，不認命行嗎？毛子最後選了他哥。倒不是因為相信他哥，而是他知道，至少可以免去被老爸逮回的一頓好打。

毛子到他哥那裡後，真是都只待辦公室，做點小雜務。但毛子很木然，自小長大的家，他什麼不知道？必定有個更大的坎兒正等著他。除非自己了斷，這條命反正不是自己的了，隨他整弄吧……。

爸來了，跟哥兩個關在會議室裡吵翻天，搥桌砸椅的聲音間歇地來，也不知在吵什麼，反正哥比爸還得勢，不會出什麼事的。至於吵的什麼事，毛子也並不關心，反正與他無關或有關，都不會是什麼好事，關心也沒用。

爸氣呼呼地走了，從頭到尾也沒看毛子一眼。不，不如說：毛子從頭到尾也沒看他爸一眼。

毛子他哥鄭重跟他說：「我來告訴你你的責任有多重，這回你要再逃，就只有死路一條了。爸跟我這邊，都有案子要人去頂，你可別再逃了。還有一兩個月的時間，你乖乖在辦公室待著。你要知道，要是在爸那邊，就這一兩個月，也不會讓你閒著的。」

當晚，毛子又去連續偷了五部腳踏車，終於被逮。但幾年的牢獄之後，他又還將能怎麼樣的活下去呢？爸跟哥會放過他？「我就繼續當小賊被逮吧……。」這就是毛子的小賊人生。

線姨

線姨很醜，紫膛臉、塌鼻、厚唇，顯是不易找婆家的。他爹說：「咱閨女是塊啥料，也不必多說了，她倒不怪爹娘，咱做爹娘的，也不必自愧啦。咱閨女只說要嫁，透著大風大雨，咱也去給求個有良心的小夥子來，賠田賣地、拱手作揖都成。閨女說不嫁，成！這長相也省得翁姑不悅，夫婿討小星。咱養她一輩子，一家和和樂樂倒不好？」

線姨是死心不嫁了，家裡殷實，慣常日子也不過幫幫家務，尚得閑。她嫂子人也好，親姊妹似的。線姨還是孩子王，趕早就豁開嫁人的心思，線姨不必懷什麼少女春思，老就保持著童趣長大起來。孩子們的玩藝兒她比哪個孩子都多練幾年，哪個孩子也比不上她，都愛和她玩兒。孩子們「線姨線姨」地叫，線姨雖然還年輕，倒有些無甲子的美猴王樂處。

一日，村裡來個老道，會變戲法，孩子們喜歡極了，擁簇著不放，鬧著還看戲法。老道說：「一早水米沒沾牙，還得去化緣呢。」一個孩子說：「老道要化緣，到線姨家吧，線姨家有錢，又跟咱們一夥，錢米一定肯多給。」幾個孩子嬲著老道才走沒幾步，線姨倒跑來了，笑喊著：「壞二毛，你們這群壞東西，有戲法瞧也不來喊我？」方到才微喘，老道卻定睛在線姨臉面不放，只說：「小娘子生具仙骨，不知紅塵無趣麼？不如隨我修道去也。」沒人聽得懂老道說的什麼，只不過老道離開的第二天，線姨就失蹤了。

線姨他爹娘乾是急，化錢出力，到處託人找線姨，只是沒個頭緒。三年後，線姨獨個兒回來了，家裡喜得什麼似的，線姨只說隨老道去修仙，化濟四方，因捨不得爹娘，還告假回鄉，要等爹娘百年了，自去。爹娘聽了只是不信，但閨女好好回來了，也沒什麼變異，就夠高興的啦。再問，也沒啥意思。村童們略長了三歲，也還都是半大孩子，線姨還當孩子王，日子照舊，就當中撇去三年罷了，一切沒有什麼不同。

一家子都是淡泊自力的良善人，線姨回家，他哥哥當家之後，爹又活了十五年，娘又活了二十年。村童呢？都當現任村童的爹或娘啦！這才看出線姨生命中唯一波瀾的那三年妙處，都四十多啦線姨，跟二十年前的那醜丫頭可有什麼不同？還是一個醜丫頭嘛。紫膛臉、塌鼻、厚唇，當然是一生不會變的，但少女膚質的細嫩竟也一絲沒兩樣。在穀場上踢鍵子、扯扯鈴那積數十年功的出神入化自不必說，可怎麼看都活脫是個醜丫頭片子在作耍。後這些年，也還當現任孩子們的孩子王，但孩子的爹娘倒也是自己的小兄弟班子。娘走後，綠姨又不見了，但大夥兒都知道，不必找了。

要說這世上誰見過仙女？恐怕也不是沒人見過罷，至少這小村子裡是人人見過的，不是嗎？

日菌

科學昌明至今，人們對於地球所有的物種並未敢說全面了解或發現，這並不是一個太稀奇的觀念，而是事實。微生物學家華生博士一生中最大的成就就是發現了一種特殊的菌種，定名為「日菌」。日菌太奇特了，所以遲至稍早才被華生博士發現。日菌是一種細小的菌種，研究證明，牠必需在保持陽光直射的環境下才能存活，只要離開了直射的陽光，一點陰影，牠就立即死亡，並且在二秒之內溶解無蹤，牠的構成也沒什麼特別，一樣是充斥各處的一些普遍有機物質。因此，長久以來，人們從來也不知道牠存活過，因為牠絕不會出現在實驗室中，實驗室裡有什麼檢體能直至被觀察時都保持著陽光直射？但牠畢竟被發現了，華生博士在一次非洲沙漠的菌種調查及實驗中，偶然觀察到，其中過程非常專業、曲折，無法細表。

往後二十多年，華生博士把日菌列為畢生唯一的研究項目，為了深入了解日菌，華生博士展開廣泛的田野調查，跑遍世界六十餘國，在各地一百三十餘個不同地理、生存環境地區實驗、察考，幾乎確定了日菌生活在地球上每一個陽光可以直射之地。但華生博士的研究成果也只到此為止了，進一步的問題研究始終沒有任何頭緒，最根本的問題有兩項，第一，日菌似乎能自行光合，但生命體的存活類似冬眠狀態，甚至是不耗能的，遇陽光不直射，直接溶解於環境，在生前死後，觀察不出環境因日菌的存活或消亡而造成什麼改變。這是一種費解的生命型態，為什麼？第二，一遇陰沉氣候，或黑夜到來，日菌便全體消亡、溶失，但只要太陽升起，卻又遍在陽光之處，這難道是一種可以無中自生的物種？華生的幾個研究伙伴最後都放棄了，當然，也都是重要的科學家，他們告訴華生：「日菌的存在看不出任何意義，也許該說只是一種現象吧。」華生卻不投降：「你這是要我承認有某一種生命只是一種無意義的現象？或者說，某一種生命現象，是毫無意義的？我不能接受。」由於這項研究看不出任何價值，一切國家的、私人的資助都撤銷了。

華生散盡家財繼續研究，仍無結果，最後也就潦倒成街頭乞丐了。但這瘦老乞丐還不專心乞討，整日思索著日菌難題。一對衣冠楚楚的夫婦走了過來，男士嫌老乞丐礙路要踢他，卻被女士拉住了，貴夫婦走過，還聽到女士的溫柔與男士不滿地抱怨：「別這樣，他們無害。」「也是，就丟棄的食物餵他們也吃不完，但這種社會的廢物，活著不多，死了不少，真不知道他們為什麼存在？」華生黯淡已久的雙眼忽然放出了亮光。

五月草

人鬼

有一個人，走一走，發現走他旁邊的人忽然變成魔鬼。後來他們經過一座橋，看到水裡的倒影是兩個行人。

有一個人，走一走，發現走他旁邊的人忽然變成魔鬼。後來他們經過一座橋，看到水裡的倒影是兩隻魔鬼。

對面又走來一個人不人鬼不鬼的那個誰，他們問他，誰是鬼？

人不人鬼不鬼拿出算盤、計算機、小筆電，還搬著手指忙著計算個不停。

很久很久以後，有一個人走了，有一個人走了。然後人不人鬼不鬼也走了。

野野史

史稱幽幻城主的吉田倉八只是個不太被歷史家關注的旗本，關原之役後，城墟人空，吉田母子僅餘一位家臣追隨逃躲至郊野。非常罕見的，由乃母擔任介錯執行吉田倉八切腹之舉。家臣稻垣幸雄筆記了這段鮮小而不為後世史纂所採錄的蒼涼史料，除了泣訴吉田一族至無孑遺的慘況，還點出了切腹一事刃由左腹刺入，撐出全身餘力往右緩緩橫推之慘苦情狀。稻垣幸雄並以詩頌之，聞者莫不鼻酸：

慈母手中劍，遊子掀上衣，臨刑碧碧紅，一孔遲遲推。

吃

一隻困在菜地裡的雛狼，想起了先知，一頭四處巡游、見多識廣的老狼。雛狼決定運用先知的智慧，裝狗。他極感噁心地假作喜歡人們摩撫，舔著人們的手時想到的並不是愛，口水一直滴落，還好狗也愛滴口水。但他終是被嫌棄了，很快的，在餐桌上。人們恨道：「這肥狗怎麼一股狼腥味兒？是給狼弄雜了種了唄？晦氣！倒給豬吃算啦！」這世道狼吃豬不奇怪，豬吃狼就曲折多了。是吧！

配給

將出門見她時，我把隨意偽造的忿恨盡量塞鼓口袋，還揹了滿滿一背包做工粗劣的仿製嘲笑，這兩種仿品都濫造得像開玩笑，我知道，但我總配給不到真品或精品。真的，儘管這個小鎮最大的七座大工廠日夜不停地精工生產，你說邪不邪？硬就是供不應求。平日是還好，我也用不上這許多，一向懶得鑽這門路了。哪知今天竟有急用，往時一點點配給一到手，幾個朋友早都先等著關去了，都知道我不要還。今早忙著找到幾個，又偏全給賴上！還個個都拿出劣質仿品轟我走！什麼世界嘛，借走了我那起碼三級、四級的配品，長久來，一點一滴也不知積多少了，轟我倒不拿出，就看我劣品就足以打發，真正氣數！沒奈何，今天可是見她哪！廠製精品既索不著，那鎮上街頭隨處可撿的仿劣品我多少也得給備得足一些，要不，不就手無寸鐵啦？

她倒好！空著肩、空著手來了，什麼也沒帶，儘近著我挨膩過來。我啊，掏出一把又一把的忿恨搗向她，她就皺幾秒眉頭，又笑著挨來。實在沒貨了，假作的忿恨看來也不管用。我一面掙掙她環著我的臂、身軀，好容易解下了半人高、兩人肥滿的大背包，扯開袋口，往她頭上一扣，大約八十多公斤的嘲笑，把她灌頂、沖澡！誰知她笑得更燦，說：「你真幽默。」

後來我們成了鎮上唯一不爭奪及擔心配給的逍遙夫妻。

蛾啊

一隻只在新幾內亞發現過的孟巴特種蛾（Monbart S.）在我嗯嗯的時候在地上跳，忽然他跟我說：「我好想吃冰淇淋喔，怎麼辦？」我嚇得跳起來，打開蓮蓬頭，想把他沖走，順便我自己洗一洗。不過水出來多少他就喝多少，我……完全沒有反擊的機會。於是我騎在他身上，飛往新幾內亞。在那裡，他介紹了他的家族給我認識，一共八百多隻。孟巴特蛾在文獻紀錄上，近兩百年間只發現過十一隻，所以我用我的新手機，相機鏡頭800萬畫素，幫他們一一照了相。隻隻都是孟巴特種，隻隻有不同的身材、長相、表情及特徵。回來以後，我並沒有如願升為終身職教授，而是失業在家常常被好萊塢好幾個特效小組輪番煩我，煩得要死。

後來我跟地下錢莊借錢買了一個長效型攜帶式冰箱，帶滿一箱冰淇淋到新幾內亞，要再去找我那八百多個朋友，但尋向所誌，遂迷不復得路。

氣死人

小明換了新手機後就很愛照相，原來的舊手機相機鏡頭才二百萬畫素，它……半盲，現在的可好了，八百萬，雖也不是絕頂，但好用多了。小明在學校拍呀拍，出去喝茶拍呀拍，騎車也要拍一下。後來他的手機逐漸失去說話的功能，也聾了，退（進）化成一部相機。後來小明發燒之後才診斷出得了喉癌末期，還有耳癌末末期。小明不服，查遍了各種醫學大辭典，有各種耳病都會失聰，就是沒有耳癌這種東西。小明的墓碑應他要求，刻上了「小明，能看不能說，不能聽，但是是氣死的。」

手機情仇

伊里德的狗最愛咬手機，也不知給咬壞幾支了，小一點的，還曾被這笨狗吞進去。手機沒了，還要花一筆狗兒的手術費，很慪氣。於是伊里德這次換了支螢幕五點三吋的超大手機，相機鏡頭八百萬畫素，還附了一支手寫筆，可以直接截圖，很厲害的。第二天一起來，手機又不見了，狗果然在抽搐、蹬腿，叫不出來。後來還是開刀取出手機了，醫生卻說，胃壁像有病變，不過他沒有仔細檢查。「放心，我跟你用同款手機，手機功能我很清楚，在取出時我順便開啟了手機錄影功能，等等你把手機擦乾淨，我們就可以來檢查貴狗的胃壁了，手寫筆我也特別注意沒遺留在腹腔，影片看到有問題的病巢，就可以直接截圖……。」手機功能伊里德還不清楚？結果就是不等醫生說完伊里德便海揍了他一頓。醫生用手機拍下了自己清楚的傷痕，八百萬畫素呢，除了狗的手術費，又跟伊里德索了一筆和解費。

嘲

山墳間不時有無知婦女夜半來祈夢，每至月黑風高，或密雲烏沉之夜，山寺竟有僧人偷出寺來趁暗偷腥。這事縣裡與寺裡俱都調查不出個頭緒，相當苦惱。但最後仍有一僧人遭婦人指認落網，只因那夜忽然雲開，黑裡月亮方顯，透射枝葉幾瞬，那婦人說：「那禿賊光頂上還長著兩根毛呢。」

名山

即手劍，即手刀，即手拳掌夾指，三招兩式，信手拈來，輕如吹灰，重似奔雷。一觸即勁，沾復走若無形，止則無絕如根。宗師一生遊戲，奔波生計，涵蘊多在岫裡，膏藥甚羞於賣，且幾無售。一朝鄉村教習，澀茶礪飯無缺，功力方乃許為定制，堂堂寫出，即席無紙，然不知稿荐烹得豬肉不？

夢鄉

海水過度鹽化，拍上岸的，像碎散開來的果凍，抓了起來，並不濕手，極為亮淨的淡藍色，有純白的鹽沙在其中流動。把兩個海水黏貼，就直融成一「塊」。

從家鄉的星球回來，知道這裡也將遭遇那一天，但時日比起人的一生，還久。

家鄉的星球，在宇宙中那區惡名昭彰的硫酸帶。星球的一半是毀的，但尚未明白是硫酸帶銷毀星球至目前的成績，還是星球銷毀後復甦的程度。未毀的一半，處處是古木參天的森林，的確是歷史資料中遠古的地表樣貌。

先到的先知滿臉鬍子，衣不蔽體，衣，就是幾塊破碎的獸皮與褐子。他在簡單的布篷中接待我們。他說他的幾個妻子這些日子來很不明白他為什麼老待在這個布篷裡，和我們這些不明所以的陌生人日日交談。但他說他不回來了，他問我們，是否很難確切感受兩個星球何者是故鄉。

我們搭著從基地回家的車子，路途上天際不時出現新聞懸球的投影，播放著我們此行的成果：在家鄉的星球上，我們發現了幾個我們現存的人種，包括各種膚色的。

溽草六、七月

通識

有個外籍同學的爸爸是比利森的員工，比利森是傳奇人物，成功的證券商。到底有多成功？我們外行人實在沒有能力清楚了解。就說比利森日常所從事的二十多種休閒活動，其中最不熱衷的項目，遊艇就有兩艘，都是可以巡航世界的頂級設備。其他的，反正那麼多聽過也記不住，不說了。很多人覺得比利森是天才，什麼都懂，許多的專業領域他都可以熟練地操著術語與人討論，但他並不從事證券業以外的任何行業，連業餘也沒有。比利森也學中文，但並沒當成一回事地好好學過，像他精通其他學科一樣，東學一點西學一點，在他的國家裡，他也成了個中國通了。

同學暑假回國時，有了個機會和這傳奇大人物餐敘，既然在台灣讀的是中文研究所，比利森這個萬事通、中國通當然要用他所精通的中文來好好啟發這個年輕的中文研究生嘍。同學見了比利森當然要先拜見、致意，說是「如雷灌耳」，比利森當場板起臉，說按照中國文化，他一定是個不孝子才會被雷劈。同學苦笑辯說，雷，是指雷聲。比利森當場變臉，說這孩子這等狂妄，怎可劈面就嫌長輩聲響嘈雜？最後不歡而散。

童話

美秀的王子，不知道世間有幸福以外之事，直到他遇上惡毒的巫婆。遭到施咒的王子變成了青蛙，他以為世上已不再有幸福，直到他遇上無瑕的公主。公主把青蛙吻成英挺的王子，但這就徹底解除了魔咒？王子與公主從此過著幸福快樂的日子，直到二十年後。中年發福的王子挺著個大肚腩卻又是個青蛙樣子了，恩情甚篤的中年夫妻這樣安慰自己：「這惱人的魔咒！」

八月草

驢路難，終於上青天

在水邊把酒食攤開，賞幾聲驢叫，青蘿蔔頭一群捲來，大家來看瘋子。邊吃，邊看，品評。

又吱聲二胡步步高，間又幾箇驢叫，彷彿天涯多麼悲涼，不襯調。因了乾嘶成疾，趴在水滸飲麼些個。

嗚了幾簇過往快驢遠，一路低吼成驢毛禿，骨突，肉搭拉。忽爾悟得跛塗是歸程，就淺唱粗嘎驢喘，一半升仙，一半下鍋。

名山

山陽種滿真實，山陰種滿虛假，虛假得陰水浸潤，濃密已極；真實在山陽日照，耀鱗煥彩，美則美矣，不日其金枯矣。農人於是真實移種山陰，虛假植山陽，卻是真實滋繁，虛假灰枯，山象仍不可睹矣。農人更將真實、虛假并樹之山陰沃壤，榮密交作。而山陽設以臺閣連路、經壇講筵，舉理而無情。是以，陽清陰澤，竟成名山。

望

隕石群襲擊了這個城市，猶過於重砲轟擊。城市陷入地獄情境，受毀的大樓、道路等，多達十多個區域，也完整地摧毀市民的勇氣、快樂、希望。只有一個小男孩例外，他問媽咪：「這麼多的流星，為什麼大家都不許願呢？」

這個男孩是否對著這些流星許下了什麼願望，不知道。但遙遠的地平線那端，多少已許下願望的人們，心中正生出千千萬萬個希望。

丐頭

一代名乞方勝所以號稱東海老大，為歷來治域最廣、地盤最大的丐幫老大，除了的確才能出眾，和別人不同的只是愛頂嘴、惹人厭。方勝自小無父母，投丐後先混跡於蘇州碼頭，小丐自有大丐領著，也有眾小丐相扶。但這方勝甚不與人合，人言語，方勝輒頂嘴鬥口，曾不一默，為此亦常捱揍，可方勝輸手不輸口，幾度受毆奄奄一息，居然未死。這大概是因為方勝畢竟只合人鬥口，而不真爭別的什麼，於人總只是小迕，不是爭利奪權，不結死仇。人一一得罪光後，總是公議要方勝離開，轉介別的堂口去了。方勝沒有一個堂口待得久，卻又不真犯什麼過惡，沒待過的乞丐碼頭總不能拒開不納，方勝是真丐，又不犯事，不收留則有違幫義。這樣，日漸知名的方勝由蘇杭、松江起家，遊方僧似地北上直隸、南下兩廣，東壁江山歷練了數百個堂口，合口相罵的，少亦數千有之。隨著年齡漸長，多少也參與公事議決，雖然毛病不改，每一張口必與人鬥，但所以頂嘴鬥口的內容、理路、見聞、器識等，自有人不可及之處。

然後位置日高，治幫有績。何則？此人不但行路萬里，且駐紮過數百堂口，各處風俗、各堂口概況，知者無人能及。又幫中合口相鬥者眾，論幫中識人之多、之深，又誰及肩脇？

情

年紀輕輕的寡婦范嫂並非一疇休耕的荒田，在這個只有二十來戶的偏遠山村中是共守的秘密，是二十多位男子各自以為獨守的秘密。因此范嫂的屋裡從未出現過男客，僅靠拾穗、針黹清貧度過一生。直到范嫂老了死去，她自己倒是含笑的，但村裡老爹們無不深夜背著身子偷偷垂淚。

愛情愛情

細想從前，渾似幾番夢境。十五歲時我與十九歲的童養媳阿翠圓房。到了三十歲，也為我那十三歲的獨子阿通買了個十六歲的小媳婦兒小娟。阿通十五歲時也生了他的單傳吉慶，小娟卻難產歿了。我四十歲那年，吩咐阿通為吉慶買了個童養媳小紅，但吉慶吵著要去城裡讀書，小倆口圓房的事就一直拖著。我五十歲時，吉慶又吵著要留洋讀書，整天同家裡人宣揚他的「新觀念」，左不過就是造反之類的童言無忌吧。為著出洋，與阿通爺倆夥著向我跪求。阿通抵死護著吉慶，最後我讓步了，要吉慶跟小紅圓房，下了子兒之後，我當沒他這孫子，隨他去。吉慶死活不肯，說沒有「愛情」，這啥玩意兒？可我絕不再退讓了，我說行！把爺爺我氣伸腿了，就隨你們去胡搞。如是這一年，我不與他父子搭話。

未想，年底小紅這丫頭果讓我抱了曾孫，我給小囝起名四喜。吉慶也不跟我招呼一聲，自出洋去了。我六十歲，要阿通快給四喜訂下一房媳婦，阿通虎了！竟是忤逆，罵我老頑固，說都什麼時代了，沒有愛情能在一起嗎？我也豹了，臭罵阿通，愛情是啥東西？你說我聽聽。阿通說不出，卻硬是不幹。

我也看開了，一輩子為了這個家張羅，敢誓天地，上告祖宗，血胤不從我絕。我……出家了。

七十歲那年，我真的看開了，拄著杖回家一轉，看這主張愛情的主家二代怎麼對待我的四喜，又把家譜如何傳記下去。可阿通跟我說，自從您離家之後，就把小紅給扶正了。吉慶跟小紅這名分兒除了爹您，自始就沒人承認過的。小紅願意成全吉慶，勇敢提出這絕主意，就說她對我有「愛情」，我先只是顧著讓吉慶放洋成行，但後來我也漸漸懂了，愛情，啊，愛情。

怎麼？原來四喜還只是我孫子啊？愛情到底是啥？愛情……就是亂套兒吧，讓我平白少了一代子孫。我還是乖乖出家去吧。

地裂子

狂震之下，地裂了個南北向丈多寬的大溝子，正好把村子平齊拆成兩半，兩邊都有百來戶許。但戶數是分得齊，卻不怎麼巧。村子名喚二姓村由來已久，村北百來戶姓白，村南百來戶姓蕭，幾代以來大家都不滿「二姓」這村名，聽起來彷彿多麼不忠似的，白的想改成白家村，蕭的想改成蕭家村。幾代以來，幾次彼此聚議，各拿出餿臭餿臭的族譜來對簿，不論蕭的還是白的族譜都是各自表述，都自覺自家、對方族譜不明明記著我家先來？二姓村這村名沒奈何就這樣一代代繼續「暫時」稱呼了下來。

剛剛地震，可巧，南北向一個大裂溝子倒把村子剖成了村東白、蕭各五、七十戶，村西蕭、白各五、七十戶，倒也難弄成白、蕭兩個村。狂雨之下，地裂子成了個小河，那裡白、蕭兩族長各率著十來壯丁釘板架便橋了，這是合村的方便嘛，倒不可落了後。

便橋是便橋，看那橋兩端竟也豎著四柱橋名牌，手斧鑿出的粗字跡，頂用就好。但怎麼豎了四柱橋名呢？原來東、西端的橋左斧書「白蕭橋」，東、西端的橋右斧書「蕭白橋」。

我說都怪老天，連地也不會裂。

怨憎會、愛別離

為了蔥要先切段下鍋爆香還是應該切成蔥珠在裝盤後才灑上，他們打架了。打成重傷一起送到醫院後兩人上身伸出床來抱頭痛哭，醫好回家。下次拿出蔥來打架的題目是「我明明放棄了我的照你的，你為啥倒抵死不從？」

老了以後死了一個，剩下的那個煮菜自吃料都用雙份，比如蔥爆香後起鍋又灑上蔥花諸如此類。很快的，也生雙份的病死了。怎麼說病也有雙份？這我可不知道，他遺囑就這樣寫的，還傻兮兮左右手兩姆指蓋上兩個指印。

毀希錄志林．狐師

國朝丁詩人未名時即有蓄志，自負筆刀砍金斷玉，何跡不可至。一日獨於小軒昏然夢為魁星，方與文昌文曲論文，偶一失足，墜搖於空。微寤，睹一麗人，髮簪一西洋鋼筆，翩然紙上，掩鼻遊於丁詩人字行之間，更曰：「啐！啐！濁惡甚矣。」遂起於紙，立丁詩人上首，斥曰：「向來自得之聲遍徹於堂陰，妾久欲一覽矣。然君詞意，淤塞如是，穢不可聞也。」丁詩人赧羞奮曰：「小蹄何人？敢復多言！」麗人遂現狐形陰笑，並團其詩稿，擲於牆腳，曰：「叱！爾等賤地斯文，倘惜文命，伏地叩回，乃赦。」丁詩人懼慄痿足，果伏地匍行叩其稿紙，而麗人頷首陰笑隱淡形跡矣。旬日，丁詩人同年曾君過訪，視其書寫，手持一西洋鋼筆也，形色一如麗人所簪，丁詩人詰之再三，曾君陽笑而陰噱，竟不答矣。自是丁詩人奮學不已，一生顧曾君為畏友也。

九月不終草

鐵捲門的一生

鐵捲門的一生，就是捲起，伸展，半捲起或捲起若干。除了軸與貼地的一端，就只有相同的一截一截身體，像蜈蚣、馬鹿、毛毛蟲。可是蜈蚣、馬鹿、毛毛蟲也比他自由，他甚至連蛆也不如，蛆嘛，扭一扭還移位呢。鐵捲門敢移位的後果，不是被鐵捲門工人修理，就是丟棄，等回爐銷失。鐵捲門很哀傷。門說：「你比我幸運多了，我只有不足九十度角可活動呢。」窗說：「我也只左右晃動，連捲躲也不行呢。」牆說：「你們都別說了……。」

鐵捲門這樣每日思考自己的存在問題，每天看著進進出出自由移動的物體，他想當天上的機翼，或汽車的引擎蓋，但他對面幾張嘩嘩碰的鐵捲門可不這麼想，且什麼都不想。他想，他一定不是一張好鐵捲門，可是他不要當一張好鐵捲門，他不要當鐵捲門。於是他開始每天奮力扭曲自己，也一直被鐵捲門工人修理。一街的鐵捲門都說：「他墮落了。」最後，鐵捲門終於被拆下，另換一張足夠社會化的鐵捲門了事。

鐵捲門被當廢鐵賣出，總共才值二百五十元，但這並不重要。

純化

有一個女人，患了小說暈眩症，才讀短短一篇極短篇就大喊「暈了」，雖然不能確定，推想起來她應該是邊暈邊看完小說的。有這種病嗎？這當然不是一種症候群，而是一種奇異的個疾。於是到精神科、腦科、心理科求診一年多，迄無結果，不但不知病因，還被懷疑所謂「暈了」是根本無此症狀的謊言，這是心理醫師的斷言，說並非是官能症。

女子開始求教於文學家、小說家，一樣沒什麼進展，這女子甚至被認為是藉故攀交。女人氣極了，認為被嚴重侮辱，便自開始寫小說，想自己弄清楚這暈眩症。多年後，女人出了幾本書，也變成了小說家，以筆法特異見長，文壇裡找不到相同的風調，被譽為創格名家。說也奇怪，寫、讀自己的小說一切都很正常，可讀他人小說的暈眩卻仍並未解決，也尚不知原因。

封棺之後，女人的幾個小說界圈內知交聊起了她的一生，忽然發現，女人從未討論或提及任何一篇別人的小說，就是別人論及了，她也都沒能接上話。有時候，他們聽出了她沒讀過某部、某篇小說，現在一細想，大夥兒一檢討，竟無人記得起女人應當讀過的任何他人的小說。女人的暈眩症他們微有耳聞，卻並不清楚，他們這陣子最懷疑的是，女人到底有沒有好好讀過別人的小說？

都會

女人說：「我曾經愛過你。」男人：「當時你為什麼不說？」女人：「只有兩秒鐘，來不及告訴你。」男人：「那麼你只是貧血暈眩，不是愛我。」女人：「我卻一直到現在還常常暈眩。」

女人的他帶女人去看病，醫生果然說患有嚴重貧血，會經常暈眩，若不治療，還會惡化下去。開了藥，也詳列了食單與各種注意事項。但女人暈眩症還是一日日嚴重下去。直到男人搬離這座城市，失去連絡，女人再也見不到男人。但女人的瘦弱依舊，且一日日虛弱，只是不再貧血暈眩。

殉情

生活太蠢，生命太累，他用背影告訴她：「我們分食這兩顆毒藥吧，死不死，看運氣好了。」她癱在床上，問說：「你真的願意和我一起死？」他說：「我騙過你嗎？我願意和你分食這兩顆毒藥的。」

的確，她知道他從未騙過她，況且都肯和她分食這兩顆毒藥了，這種終極的證實當然……真是夠了。

他在茶几上把兩顆毒藥的厚厚糖衣仔細刮掉，摶成一丸，又把兩顆毒核也摶成一丸。起身，走向躺臥著望著他的她，他在她面前納入一丸在口，一邊吞嚥一邊溫柔地將另一丸送入她口，輕憐地撫著她的頰……。

活著

在我到了六十七歲時（不是七十四），會愛上一位十九歲的姑娘，並一如現在不敢向對方示愛。卻鎮日在她面前展露我老皺乾萎的彩羽，有機會的話。如果我再多活幾年，我將看著她結婚、生子，而更加憔悴。最後，如果我還活下去，我已不希望我再戀上她的女兒了。即使我有珍貴歷史的禿羽。

楢山節考

深澤家太窮了，一家勞動終年，三個成人的食料總還短缺得很。於是年僅五十多歲的瘦老兒阿寬與更瘦弱的兒子一郎商量了許久，不顧一郎媳婦玲子的強烈反對，爺倆還是相偕入深山了。

依照習俗，嗯，及依照人情之常，兒子要揹著父親走，畫面才夠慘然。一開始他們就是這樣，一郎揹著體重很沒一回事的阿寬，阿寬頻頻叮囑，說窮歸窮，孩子還是要生，能養活一個就好了。

走不十里，輕飄飄的阿寬變得沉重，病腔似的一郎是一把什麼力氣，阿寬太清楚了，否則事不至此嘛。再撐了五里，爺倆只得相對坐著直喘，別說一郎了，阿寬也顛跌得累死了。阿寬說，山野無人，也別管習俗了。於是阿寬不要一郎揹，爺倆相扶踉蹌地一路往山深裡去。要說相扶，羸弱的阿寬總還比病弱的一郎多半把勁兒，父攙子比子扶父還多些。且最後兩三里路，一郎實在不行了，阿寬也只好揹著他走，時光一下好像回到了一郎兒時。

結果真慘，一郎不行了，他咯血痙攣，顯見是不成的了。阿寬倒還好，落淚輕拍著小蝦似的兒子，心想，總不能沒有人回去吧？

鏡頭一轉，年已七十的阿寬對玲子說：「孩子才十五歲不到，你要他揹我？不必不必，我走得動的。明早我自己入山就好，孩子也別要他送，我自己去伴著一郎就是了。」

註：《楢山節考》（ならやまぶしこう），深澤七郎的小說，後來也拍成電影。敘述日本古代信州寒村的山林內棄老傳說，因為那地方實在太窮苦了，老人家到了七十歲的年紀，就由家人揹到深山野嶺等死，以節省食糧。

本草白目

含羞草，形甚巨，枝幹如鐵杵鋼筋，葉如刀劍。以其莖脈含眾金之屬，鎂、鋅、銅、錳、鐵、銀等，故稱金本植物。葉體敏感，稍受外力，葉即合起，凡有動物等誤睡其上，必糟碎屍。然而其葉遇忠臣孝子則不合，為其不羞生於天地之間。

仙人掌，一名刺蝟果，肉本植物。其生為刺蝟死地化入土中而出，厭食草被，而為綠色。圖胡族嗜剝其刺皮烤炙而食，味如羊羔。然見人遠走，獵捕不易，圖胡人以草汁浸抹其身及刀器數日，徐以寸移近之，一步，疾斬其足乃致。以其難能入手，非具神仙手段不辦，故別名仙人掌。

狗尾草，始生於東漢，河朔之地有豪族劉呸愛尚田獵，甚能逐狗，馭犬如軍，不銜而默，然眾犬之警策，不及於尾，常群以豎尾而驚物。劉呸怒，親斬狗尾二百八十一條於野，自是不復行獵。數年，群狗皆歿，越十年，劉呸薨，其子劉守殯吓於郊，望野芒哭，輒見叢中狗尾搖曳，似吓群犬相送，世遂生狗尾草。

論詐騙布局非蓄意

這是一個不相見的時代，但人有情，就會有朋友。即使只是本質之外的熱烈，與不孤獨。帳號被竊、假冒身分的狀況層出不窮，最好的方式是講聊之前，彼此先行說驗特定密語，也就是古人所謂的「口令」、「切口」。知道說話的確實是意中的對方，就不致被他人所欺了。

今早，我忽然決定把真的我變成假的我，連續用我的身分詐騙了三十七個朋友。因為我已經不要當我了，我要開始一個新的我。

私塾

一早，長工仁叔踏著初陽前往塾裡。塾裡養著喜恩、喜文倆書僮，伺候著教席筆墨、日常雜務等。可夫人看這倆孩童總不甚放心，教席先生雖然道德學問俱高，素性是軟弱了些，威嚴不足，三日裡倒有兩日要仁叔到塾裡幫著照看，怕倆小鬼頭不得力、使壞。

教席卻是喜歡恩、文兩個小僮，覺得兩人資賦都能讀書，放著可惜了，就多所傳授。倆小因為書本讀得來，份裡的活計就不免散漫，至多維持個粗樣兒。

仁叔來了，卻也不大督管雜事，考核、析疑恩、文自己修學的狀況還多些。這事是有些淵源，只能說是一人一種命。

夫人、教席、仁叔，兒時起就是摶在一塊兒的乍玩伴兒，都是東村的小戶人家。大了些，教席央在老爺辦的這家塾裡附讀，仁叔家子實在窮，讀不起書，只在塾裡充個書僮，支份工錢幫補家計。仨小大了之後，路更歧了，然卻又總不分離。夫人自是嫁入老爺家裡主饋，也生得一兒。教席落拓科場，竟不思進，偷安於這個家塾，並有以此終老之勢。仁叔從書僮長大，一個識文青壯的小伙子，不圖自立，倒是指著老爺家就甘任個長工了。

到了老爺猝逝，幾年來，這三個兒伴的心情沒有一日是不亂的。但塾裡夫人的兒子，總被三個人合力地教養得很好。

神犬

小嗚是一隻蠻不純種的哈士奇，富了好幾代的純種紈綺卻一見這小流浪狗就硬要抱回家養，誰說不給都不依。紈綺娘親說那去狗店給挑隻有證書的好了，紈綺緊抱著在他懷中嗚嗚輕哼的小狗就是不放，事遂定矣。

小嗚好聰明，小嗚想，表現得太聰明會被大家一直抓去玩，很累，不如裝笨，但不能太笨，以免被趕出屋裡。小嗚還想，他的紈綺主人跟他一樣聰明，都裝笨，都高中了，很多簡單的算題都不會，十句話裡就四、五句裡讀白了字，如果讀課文就更精彩了。小嗚都聽得出來，但他都不說，算題小嗚也看得懂會算，但小嗚不會笨到去把題解出來。可是小嗚的行藏還是被窺破了，被紈綺的家庭教師，我的學妹黃小瑄偵破。

小瑄早就對紈綺沒耐心了，但想著自己需要這份薪水，就還是一再地重複教導笨紈綺一些同樣的功課。小嗚在一旁靜靜地玩兒，偶爾蹭蹭小瑄與紈綺，本也沒什麼，小嗚裝聽不懂功課裝得很像喔！但小瑄是為了領薪盡責才一次次講解糾正同樣句題，是硬撐住的耐心，小嗚則怎麼有？同一句或同一題，小嗚連聽了兩、三回，主人還「裝不懂」，小嗚就有點浮躁。因此引起了小瑄的懷疑，多方試探之下，小瑄對我宣稱小嗚是神犬。

小瑄說：「一個課題教了一百零七遍後，我跟紈綺和小嗚差不多都要瘋了，但紈綺還是照樣弄錯啊。我就跟小嗚說，你來答，我唸錯字時你就汪一聲，算題你用前腳給指出正確答案，你都答對了，我們就把進度往前走，好不好？」小瑄說，小嗚高興地嗚嗚大叫，且被她突破心防，都……招認了。

報仇

俠名素著的橫電錐符少平使的是一對錐子，右手閃電錐以直刺為主，專取人胸腹頭臉，中則劇創。左手卻使一把雙頭橫錐，守可擋格兵刃，攻可橫擊掃刺，端的刁鑽奇詭。

符少平從師所得原只有右招閃電錐，錐法固然迅猛勢強，難擋難防，然而錐刺無有鋒刃，不能切割，故攻守只能以中宮為疇，外門薄弱，欠缺開展。且殺傷力雖強，過招需搶先手，否則無可發揮。因此，符少平雖然年盛精壯，始終難列江湖一流，雖則挾技行俠，卻也多勝多傷，尤其無法應付圍攻。

看看年將三十，一身危脆行於險道，不免隨時將仆殘於路溝。但是人命難言，運氣來了，險中也能變活，一個機緣出現，威震天下的泰山天門觀主震嶽上人救符少平於劇盜灰灰兒所率群盜的圍殺中，並錄其為記名弟子。他這樣責備符少平：「你的錐子雖說甚為強悍，然只是棄守強攻的暴術，不堪大用。奈何以一銳之利投身於八方皆刺的莽莽江湖呢？如不精進，命不久矣。」震嶽遂耗數月之功揣摩閃電錐法，加以改造，增添了一些格擋之術，不必全幅進擊，並左手輔以雷震擋或短棍、匕首之類，以補足招式缺口。自是，符少平武功大進，隱隱欲成一代大俠之勢。

未料，原是震嶽上人出家前結髮妻的武林怪傑迴風梭謝破閒聽聞武林道上聲名日盛的符少平，便來尋釁，為的只是發洩震嶽上人當初棄她出家的餘忿。謝破閒是個心思靈巧的好強女子，知道自己武功尚遜震嶽半疇，佔不了便宜。躡上了符少平，幾日觀察，知是個正直不屈的青年，心中也暗暗疼惜這後輩，雅不欲傷辱了他，心中正感猶豫不甘，忿中卻想出了一個既折辱震嶽這負心人，又不傷毀符少平的妙主意。

謝破閒的才分並不欠於震嶽上人，靈動尤且過之，她在動閃電錐法的腦筋。根據迴風梭弧行側擊的思構，加上左手擋棍之法的研究，謝破閒耐心耗費數載，終於圓備了左右相輔、攻守兼備的一套錐法絕學，將左手握器改為雙頭皆刺的橫錐，明守暗攻；而右手閃電錐法盡棄震嶽改增的守禦之法，恢復原先的純前進取。此有一妙，右手強烈主攻之下，敵人之守備必以擋擊閃電錐為主，如此將敵人攻防全引到閃電錐上，左錐則可覷隙突然橫出側擊，甚是險峻。這是後來大俠符少平人稱「横電錐」的因頭。

卻說謝破閒見了符少平，單憑一雙玉掌，八招就破了震嶽上人傳授的錐法，硬栽說自己是符少平的師母，硬要他學全了自己精研的整套錐法。震嶽上人對於此事只有苦笑，搖頭說符少平這孩子真有福氣。

Fuzzy

堡主會根據其人的步幅將解藥放在八步外的檯子上，並立一小牌子書「解藥」二字。但第一個中「七步追魂散」的人，走了四步就倒斃了。第二個中七步追魂散的人卻走了八步，拿起解藥吃了，就走了，走了七步，也死了。堡主痛罵堡裡的藥師爺：「你這根本是要騎驢卻找馬，一點也不準。」又試了廿多人，把藥師爺的師父留下的七步追魂散都用光了，解藥也用掉約三成，卻沒有一個死得準準的。堡主氣炸了，藥師爺說：「可能是藥過期了……。」

堡主命藥師爺重新煉製新藥，但藥師爺技術並不精良，不能製出精準的「七步」。藥成，秘室的藥庫匣子貼上標籤「數步追魂散」、「保存期限：數年」。

毀希錄志林・資糧

衲子法覺從密果禪師參學三載，謂自悟已，欲辭師去。師曰：「資糧足乎？」法覺摩腹曰：「大肚漢吞得山川日月。」遂走。行二十里，渴甚，見方巾葛衣老漢支一茅棚烹水看茶，法覺合什問訊，老漢曰：「粗釃二文錢足矣。」法覺笑曰：「和尚不捉持錢銀，還汝福田便了。」老漢亦哂，曰：「二文錢即是現世福田。」法覺未飲又饑，更云：「一施之德，植福無窮，況齋僧乎？吾為汝計，求來世報。」對曰：「爾等出家之人，昔世之惜二文錢者乎？」竟不飯飲。法覺瞠無所應，復反密果處，飲食數載未參一語，密果亦任之。密果化，法覺後即不食死矣。

死烈

攻打縣城的一個時辰前，老七跟牛老大的獨生女牛俏不見了。牛老大氣歪了嘴，臨時命了兩個頭目頂上老七與牛俏的位置。後來領小隊的一個也沒漏網，牛老大一幫七具屍首一列排在廣場上，從老大到么九。老五沒死，就缺了兩條腿，粗粗地紮緊斷口，剩半條命。

老七被皇軍叫來指認，老五忿身一聳，竟奪開了支他的小兵，前撲一口咬下老七一塊臉肉。

老七慘號一聲，自摀著臉一邊護疼去。俏生生的牛俏也冷著臉走過來，老五恨聲道：「很好，你終是選了老七。我得感謝你，你這連自己爹也謀害的漢奸，算我沒長眼，也還好你沒選我，沒的辱沒了我堂堂一條好漢。」

牛俏說：「五哥，有什麼話咱們來生再說吧。你們當初不聽我的幹了這票，我早知道大夥兒命一定白熬在這一鍋的。憑咱們幾十個，也傷人家幾個小兵而已，不值啊……。」老五大吼：「賤人！牛大哥以下，可有個怕死的貨？你……你們……。」

牛俏流下了淚：「這次的撲攻，小妹知道咱們家窩裡到晚一個也活不成。五哥……，我擋不了爹跟你們，卻也沒打算獨活，只是不靠老七這邪皮，咱們近不了他們官長啊。五哥，我不說了，來生再見……。」

牛俏旋身虎撲，腰護帶裡十二把飛刀全擲出了，標死傷了七個官兵，射中老七的兩把特別準，一在喉中、一在子孫堂。還徒手挖了一個佐官雙眼，繡鞋鐵尖竟踢進另一軍官胸膛裡拔不出腿。

但壯烈的牛俏也在這一瞬間被劈成四塊了。

老五就這麼吼死了：「小妹……小妹……這一仗到頭來全靠你……全靠你……哥哥們全是傻子啊……。」

風雨

多好的風雨！多美的坍方！她的先生下山採購之後，我和她被困在他們山上的華宅中，整整兩天！

兩天之中，我耐心地聽了她絮絮的告白，我告訴她，其實我也一直後悔五年前沒有選擇和她這個系花學妹在一起。不只她戀著我，我也暗暗戀著她，但我還是只能向前看。第一次的告白，兩年後，她畢業了，她說，她是帶著對我的絕望嫁給這個同班學弟的。耳根子軟的她，如今看到我，說她還是後悔。

夜裡，她的肩靠著我的肩，繼續流淚，繼續回憶，小小聲地訴說著，訴說著。然後她睡著了，於是我扶她進房……。我說：「我們再看一下新聞吧，看看災情報導。」果然，道路並未搶通。我想，我可以好好做一些……事，她是很容易說服的，我一向知道。

道路搶通了，我並沒有立刻下山，禮貌性地等著華宅主人，我的學弟回來。然後帶著裝著幾筆巨額保單的公事包施施然下山。

而一路上，風景是被摧毀的。

睡前

卡米老人在睡前吃了三種維他命、一種綜合維他命，把假牙泡在藥水裡，也用藥水漱了五分半鐘口。想了想，又把睡衣脫下，用藥水浸過的毛巾擦洗胸口及背，聽說這可以去除老人特有的體味。一切打理好了，卡米老人鑽進被窩，抱著一個十六歲的女體，輕輕撫摸著。

他在她耳畔低聲細說著：「知道嗎？我很老了，再也活不了幾年了。」悠長的嘆，又說：「我死了，你怎麼辦？」沉默到了夜半，卡米老人又說：「如果我覺得我不行了，讓你安樂地先走好嗎？不……，我只是不放心你，如果我先走了，你還能活多久也要好好活下去，知道嗎？」

老狗嗚嗚地舔著卡米老人滲出藥水味的胸，彷彿叫他放心。

節婦吟

老兆頭風光了一世，是京、崑劇的名旦，如今不演了。老兆頭生得骨細，臉容勻長英挺，天生好扮相，但老了可就不成了，蜷縮成了個人乾兒，連上妝也不旦了。

近年來，老兆頭早不收徒弟，傳統戲曲越來越小眾，學的人也不多，也吃不得苦。關門弟子雖是個上佳材料，逼得生計，老戲上檔的機會既寡，也只得在其他的、現代的表演場域裡混混活命。

劇團也很零落，有戲，大夥兒抽空湊來，沒戲的大半年，各行各業混去，就像某個相聲段子，還真有去賣西瓜的。老兆頭心疼徒兒及老夥計們，自也不會說他們什麼，但老兆頭可不這樣幹，沒得戲排，照樣天天吊嗓子、練身段功架，一條命全繫在戲上了。最後弄成了個窮瘦病腔子，一動就咳，這才止了戲。

好在小徒弟孝順，硬是扛起老兆頭這孤老頭子的生計。但老病的老兆頭在唱不動之後，也並沒再活多久，勉強撐個兩、三年就伸腿啦。

原因沒別的，這倔老兒只逢徒兒孝敬，非得弄清了是唱戲所得無疑，才受。徒兒其他拍戲、話劇等所得，老兆頭一分不受，就急著買藥治病也一樣。

夫如是，真可謂是節婦、烈婦了。

洗手

富安宅的堂口被抄了，朝廷嚴禁的彌勒教在城裡暫時斂跡，但官府知道這只是小勝，一方面真正主持富安壇的朱三皮及另外幾個化名的重要人物並未落網，另一方面安排妥貼的內應盜得的花名冊有些不對頭。

內應毛國旨拜在朱三皮門下已有多年，雖然只是朱壇主的跟班，但近侍凌於朝臣，自有一番威嚴。毛國旨三個字，在江湖上遂也不是毫無份量的了。教裡一般職司的教民見他一面也不算容易，更鮮有知他不識字的，而他的本名、真名毛狗子，則只有教裡的老人聽過，只是礙於他的權勢、面子，不便流傳。

抄掉了富安壇，重犯在逃，官裡知道富安這老兒只是被挾持利用的苦主，從不出面的朱三皮及幾個神秘人物才是教壇的根本，須防往後還有大事可鬧。官府的對策是棄子引帥，暗裡放出內幕消息，內應毛國旨在抄門時負責搜取花名冊，以進一步剿滅餘孽。這主要是釣魚，但也是因為毛國旨太無用了，棄之毫不可惜。

然而朱三皮並不上當，並不派人來找毛國旨麻煩，反是澈底消聲匿跡，官裡雖查得緊，死灰不燃，但也再沒有任何在逃人的線索可循了。原來朱三皮安排在官府的內應傳出消息，不識字的毛國旨盜得的根本不是教壇花名冊，而是邸報手抄的縉紳錄。

兩不理下，毛國旨也算退出江湖，不用什麼盆兒也洗手啦，慢慢就恢復了毛狗子身分，賣賣力氣，平淡過完一生。

本色

秀秀十三歲時開始染髮，金的、紅的、橙色，甚至紫的、藍的。數年間，家裡、學校對她頭痛萬分，幾次衝突、嚴厲處罰，總是無效。秀秀被視為一個難以管教的叛逆小孩。

秀秀當然叛逆，師長、家裡斥責她「標新立異」，故意跟大家不同，她總抗聲說：「不染頭髮就會跟大家一樣嗎？」沒一個不認為她飾詞狡辯，無理取鬧，又不可理喻。

升大二時，秀秀終於頂著一頭柔細的烏黑秀髮出現在校園。沒多久，大家知道她談戀愛了。愛人是秀秀高中高一級的學長，一路看著她這樣出名地叛逆過來。愛人常跟她說：「想想以前你的頭髮啊，我就愛你現在這樣真實的自己。」這時秀秀總低頭不語，愛人以為她是羞答答。

秀秀畢業不久，剛找到好工作的愛人向她求婚。秀秀考慮了好久，愛人都等急了，催促不過，秀秀就說：「你說你愛不染髮的真實的我？」愛人摸不著頭腦，說：「幾年來我總這樣跟你說，這有什麼奇怪呢？有什麼好懷疑的呢？」秀秀說：「給我半年時間，別來找我，半年後我們見面，你若向我求婚，我就答應你。」

半年後，頂著一頭銀白無雜自然髮色的秀秀卻找不到她的愛人，輾轉聽說他剛結婚了。

但是即使如此，秀秀再沒染黑過她的頭髮，即使被譏標新立異。

釀小說23　PG0895

在僻處自說
——張至廷微小說選

作　　者　張至廷
責任編輯　蔡曉雯
圖文排版　張慧雯
封面設計　秦禎翊

出版策劃　釀出版
製作發行　秀威資訊科技股份有限公司
114 台北市內湖區瑞光路76巷65號1樓
電話：+886-2-2796-3638　傳真：+886-2-2796-1377
服務信箱：service@showwe.com.tw
http://www.showwe.com.tw
郵政劃撥　19563868　戶名：秀威資訊科技股份有限公司
展售門市　國家書店【松江門市】
104 台北市中山區松江路209號1樓
電話：+886-2-2518-0207　傳真：+886-2-2518-0778
網路訂購　秀威網路書店：http://www.bodbooks.com.tw
國家網路書店：http://www.govbooks.com.tw
法律顧問　毛國樑　律師
總 經 銷　聯合發行股份有限公司
231新北市新店區寶橋路235巷6弄6號4F
電話：+886-2-2917-8022　傳真：+886-2-2915-6275

出版日期　2013年5月　BOD一版
定　　價　380元

Printed in Taiwan

國家圖書館出版品預行編目

在僻處自說：張至廷微小說選 / 張至廷著. -- 一版. -- 臺
北市：釀出版, 2013.05
面；　公分. -- (釀小說；PG0895)
BOD版
ISBN 978-986-5871-34-5 (平裝)

857.63　　　　　　　　　　　102005090

讀者回函卡

感謝您購買本書，為提升服務品質，請填妥以下資料，將讀者回函卡直接寄回或傳真本公司，收到您的寶貴意見後，我們會收藏記錄及檢討，謝謝！

如您需要了解本公司最新出版書目、購書優惠或企劃活動，歡迎您上網查詢或下載相關資料：http:// www.showwe.com.tw

您購買的書名：______________________________

出生日期：________年________月________日

學歷：□高中（含）以下　□大專　□研究所（含）以上

職業：□製造業　□金融業　□資訊業　□軍警　□傳播業　□自由業

□服務業　□公務員　□教職　□學生　□家管　□其它____

購書地點：□網路書店　□實體書店　□書展　□郵購　□贈閱　□其他

您從何得知本書的消息？

□網路書店　□實體書店　□網路搜尋　□電子報　□書訊　□雜誌

□傳播媒體　□親友推薦　□網站推薦　□部落格　□其他________

您對本書的評價：（請填代號　1.非常滿意　2.滿意　3.尚可　4.再改進）

封面設計____　版面編排____　內容____　文／譯筆____　價格____

讀完書後您覺得：

□很有收穫　□有收穫　□收穫不多　□沒收穫

對我們的建議：______________________________

____

____

____

請貼
郵票

11466
台北市內湖區瑞光路 76 巷 65 號 1 樓
秀威資訊科技股份有限公司 收
BOD 數位出版事業部

(請沿線對折寄回,謝謝!)

姓　名:________________ 年齡:________ 性別:□女　□男

郵遞區號:□□□□□

地　址:____

聯絡電話:(日)________________ (夜)________________

E-mail:____